UMA
ILHA

UMA ILHA

KAREN JENNINGS

Tradução
Ana Ban

1ª edição

2025

CIP-BRASIL. CATALOGAÇÃO NA PUBLICAÇÃO
SINDICATO NACIONAL DOS EDITORES DE LIVROS, RJ

J52i   Jennings, Karen
        Uma ilha / Karen Jennings ; tradução Ana Ban. - 1. ed. -
        Rio de Janeiro : Bertrand Brasil, 2025.

        Tradução de: An island
        ISBN 978-65-5838-367-3

        1. Ficção sul-africana. I. Ban, Ana. II. Título.

24-95371   CDD: AS823
                            CDU: 82-3(680)

Gabriela Faray Ferreira Lopes - Bibliotecária - CRB-7/6643

Copyright © Karen Jennings, 2019

Publicado originalmente em 2020 pela Holland House Books.
Esta edição foi publicada mediante acordo com a Agence Deborah Druba.

Texto revisado segundo o Acordo Ortográfico da Língua Portuguesa de 1990.

Todos os direitos reservados.
Não é permitida a reprodução total ou parcial desta obra, por quaisquer
meios, sem a prévia autorização por escrito da Editora.

Direitos exclusivos de publicação em língua portuguesa somente para o
Brasil adquiridos pela:
EDITORA BERTRAND BRASIL LTDA.
Rua Argentina, 171 — 3º andar — São Cristóvão
20921-380 — Rio de Janeiro — RJ
Tel.: (21) 2585-2000,
que se reserva a propriedade literária desta tradução.

Impresso no Brasil

Seja um leitor preferencial Record.
Cadastre-se no site www.record.com.b
e receba informações sobre nossos
lançamentos e nossas promoções.

EDITORA AFILIADA

Atendimento e venda direta ao leitor:
sac@record.com.br

O PRIMEIRO DIA

Foi a primeira vez que um barril de óleo tinha vindo do mar e encalhado nas pedrinhas dispersas do litoral da ilha. Outras coisas haviam aparecido ao longo dos anos: camisas em frangalhos, pedaços de corda, tampas rachadas de lancheiras de plástico, tranças de material sintético feitas para parecer cabelo natural. Também vieram corpos, como naquele dia. Estendido ao lado do barril, a mão esticada para a frente, como em uma indicação de que tinham empreendido a jornada juntos e não desejavam ser separados.

Samuel viu o barril primeiro, através de uma das janelinhas, quando desceu da torre do farol naquela manhã. Ele tinha que caminhar com cuidado. Os degraus de pedra eram antiquíssimos, lisos de tão gastos, com o centro côncavo pronto para fazê-lo tropeçar. Ele tinha instalado corrimãos de metal nos lugares onde o cimento permitia, mas o restante da descida era feita com os braços abertos, os dedos roçando as paredes ásperas para se equilibrar.

O barril era de plástico, do azul dos macacões de operários, e ficou lá, à vista, oscilando com a maré, enquanto ele se apressava até a praia. O corpo, só viu quando se aproximou. Samuel fez um desvio, caminhou em círculo ao redor do barril. Era robusto feito um presidente, sem qualquer rachadura ou perfuração visível.

Ele o ergueu com cuidado. Estava vazio; o lacre, intacto. No entanto, apesar de leve, o barril era meio desajeitado. Não seria possível, com suas mãos retorcidas, segurar aquela superfície lisa e carregá-lo pelas pedrinhas pontudas, por cima dos pedregulhos e depois subir pela trilha de areia, através da vegetação rasteira e dos arbustos, até o trecho plano onde ficava seu casebre, ao lado da torre. Talvez, se ele buscasse uma corda e amarrasse o barril às costas, pudesse evitar o uso do velho carrinho de mão de madeira, que tinha uma roda caindo aos pedaços e emperrava na praia pedregosa, além de sempre emborcar como resultado do próprio peso.

É, carregar o barril nas costas seria a melhor opção. Depois, no pátio, ele procuraria o serrote velho entre as sacas e as tábuas que apodreciam. Iria esfregar para tirar a ferrugem da lâmina, afiar o melhor que pudesse e cortar fora o topo do barril, então colocaria em um canto externo da casa onde a calha desaguava, para que pudesse recolher água para usar na horta.

Samuel deixou o barril cair. O objeto rolou para a frente na superfície irregular e bateu no braço do cadáver. Ele tinha se esquecido daquilo. Suspirou. Ia demorar o dia todo para se livrar do corpo. O dia todo. Primeiro, o transporte, depois, o enterro que, de todo modo, era impossível na ilha rochosa com sua fina camada de areia. A única opção era cobrir com pedras, como havia feito com outros no passado. Mas, ainda assim, era um corpo imenso. Não na largura, mas no comprimento. Duas vezes mais longo do que o barril, como se a maré que subia e baixava tivesse esticado o corpo naquela forma nada natural, alongada.

Os braços eram fortes e desproporcionais à coluna nodosa e às costelas marcadas do torso nu. Pelinhos pretos, enrolados e finos, cobriam áreas em cada escápula; outros mais marcavam a base das costas, onde encontravam o short jeans cinzento. Os mesmos pelinhos enrolados, pequenos, pequenos demais para um homem daquele tamanho, haviam crescido nas pernas e nos dedos dos pés, nos antebraços e entre as juntas dos dedos das mãos. Aquilo perturbou Samuel. Eram os pelos de um animal recém-nascido ou de um bebê que havia se demorado demais na barriga. O que o mar tinha parido ali naquelas pedras?

Com o sol do meio da manhã se erguendo, esses cachinhos já iam prateando com cristais de sal. O cabelo dele também estava grisalho onde a areia havia se alojado. Grãos se colavam à única porção visível do rosto do homem: parte da testa, um olho fechado. O resto da face estava apertado contra o ombro.

Samuel estalou os lábios, contrariado. Aquilo teria que esperar. Primeiro, ele cuidaria do barril, depois, na manhã seguinte, se o corpo não tivesse retornado ao mar, ele teria que quebrar algumas pedras da ilha a fim de criar pedaços suficientes para cobrir o cadáver.

Durante os vinte e três anos em que tinha sido o guardião do farol, trinta e dois corpos à deriva como esse haviam aparecido na praia. Todos os trinta e dois sem nome, sem ninguém para reclamá-los. No começo, quando o governo era novo, cheio de promessas, quando tudo ainda era um caos, e os mortos e desaparecidos durante um quarto de século de ditadura ainda eram procurados, Samuel notificava o aparecimento dos corpos. Na primeira vez, representantes do governo tinham ido até a ilha, com pranchetas e uma dúzia de sacos de cadáveres, examinando o perímetro em busca de covas rasas, de restos mortais alojados entre as pedras, de ossos e dentes que tivessem passado a fazer parte do chão de cascalho.

— O senhor compreende, nós fizemos promessas. — Havia dito a responsável enquanto examinava um arranhão nos sapatos altos de verniz. — Precisamos encontrar todos aqueles que sofreram sob o governo do Ditador, para que possamos avançar como nação. Em um terreno próximo à capital, meus colegas encontraram uma vala comum com pelo menos cinquenta corpos. Outro colega descobriu os restos mortais de sete pessoas que tinham sido enforcadas em árvores na floresta. Ainda estavam penduradas, depois de todo esse tempo, acredita? Quem sabe quantos vamos encontrar aqui? Tenho certeza de que serão muitos. Este é um lugar ideal para desova.

— A senhora acha mesmo?

— Ah, acho, sim, basta olhar ao redor. — Ela acenou para a paisagem. — Não há ninguém a quilômetros. Ninguém para ver ou ouvir absolutamente nada. — Ela se inclinou mais para perto, baixou a voz: — Há boatos de que ele tinha locais secretos, parecidos com campos de concentração, para onde os dissidentes eram mandados para morrer. Ainda não sabemos se isso é de fato verdade, lógico. Não encontramos evidências concretas, mas este poderia muito bem ter sido um lugar assim, não acha? Este não parece ser um lugar para onde se mandaria gente para morrer?

Samuel não respondeu, e a mulher já tinha dado as costas para ele, chamando alguém da equipe, batendo com o dedo no relógio de pulso.

— Continua procurando — disse ela depois de o homem sacudir a cabeça. Então se virou mais uma vez para Samuel e falou: — Quando tivermos encontrado todos os corpos, é aí que o processo de cura vai começar, para a nação, para todos nós. Até lá, não podemos nos curar. Precisamos dos corpos.

Após um dia inteiro de trabalho, quando sua equipe retornou, um por um, de mãos vazias a não ser pelo próprio corpo que o mar havia entregado na praia, a responsável se apressou até o barco, em uma partida abrupta, sem a cortesia de uma despedida. Samuel não teve mais notícias dela, nem do departamento dela. Ele não ficou sabendo o que aconteceu com o homem morto, nem quem ele poderia ter sido.

Meses depois, talvez um ano, ele encontrou três corpos na praia, lado a lado. Um menino pequeno, uma menina, um bebê em uma manta. Naquele tempo, o rádio do farol ainda funcionava e ele entrou em contato com a base para notificar o aparecimento. A mulher ligou de volta, a voz entrecortada pela estática.

— De que cor eles são?

— O quê?

— De que cor eles são? Os corpos. De que cor?

Samuel ficou em silêncio.

— O que eu quero saber é se são mais escuros do que nós, a pele deles, é isso que eu quero saber. Eles são mais escuros do que eu ou você?

— Acho que sim.

— E o rosto deles? É mais longo? Como são as bochechas?

— Não sei. São crianças. A aparência é de criança.

— Ouça, nós somos pessoas ocupadas. Temos crimes de verdade para tratar. Atrocidades reais, compreende? Não podemos ir até a ilha cada vez que refugiados de outros países fogem e se afogam. Não é problema nosso.

— Então, o que eu faço com eles?

— Faça o que quiser. Nós não queremos saber deles.

Àquela altura, ele já tinha começado sua horta ao lado do casebre, havia usado o salário para importar terra do continente, encomendado sementes e mudas. E, para proteger todos os brotinhos, tinha começado a instalar uma mureta de pedra seca ao redor da horta. Samuel havia juntado todas as pedras do tamanho de tijolos da ilha e foi encaixando uma em cima da outra, até alcançarem altura e comprimento suficientes para formar uma barreira. Depois disso, ele arranjou uma marreta e quebrou várias pedras e pedregulhos que havia no litoral, usando-os em sua construção. Lentamente, a ilha começou a mudar de forma. Se um helicóptero costumasse sobrevoar o local, o piloto repararia na ampliação das pequenas baías, nas curvas onde antes existiam bordas dentadas.

Samuel prosseguiu com a mureta em volta da ilha até estar tudo cercado. Foi nessa mureta que ele começou a introduzir os corpos. Na maior parte das vezes, antes de enterrá-los, Samuel examinava os bolsos em busca de objetos de identificação, mas nunca encontrou nada de importância. Nada além do punho fechado de um velho apertando um maço de notas estrangeiras reduzido a uma massa de papel na mão dele. Samuel o tinha enterrado com o dinheiro. Ele escolhia lugares para os cadáveres nas partes da mureta mais afastadas do casebre, para que o cheiro da decomposição não chegasse até ele. Ainda assim, os corpos atraíam gaivotas que passavam semanas pairando sobre a mureta e guinchando, tentando acessá-los com o bico. Com o tempo, Samuel passou a reforçar essas partes, de modo que se dilatavam um pouco em volta de seu conteúdo. Ainda assim, às vezes as gaivotas conseguiam irromper e bicar o corpo lá dentro. Nos lugares onde os cadáveres se desintegravam sem auxílio externo, as pedras costumavam desabar.

Samuel meio empurrou, meio chutou o corpo no lugar onde estava, ao lado do barril. O impacto fez com que o braço se deslocasse, com que a cabeça rolasse da posição em que estava e revelasse o rosto. Os olhos se abriram por um momento. A garganta soltou um som rouco e os dedos da mão estendida se agitaram, batendo nas pedrinhas embaixo deles.

Samuel recuou.

— Olá — disse ele baixinho. Depois repetiu: — Olá.

O homem não voltou a se mexer, mas havia um pulso lento visível em seu pescoço. Subindo e descendo, subindo e descendo, ele pulsava enquanto o mar chiava nas pedrinhas e voltava a recuar.

Samuel contou. Cinquenta batidas. Duzentas. Trezentas e cinquenta. Na de número quinhentos, ele se virou para o barril de plástico, envolveu-o com os braços pelo meio e ergueu sem jeito à sua frente, incapaz de enxergar enquanto cambaleava pela praia, além da marca da maré alta. Pousou o barril de lado, escorou com pedrinhas e então retornou ao corpo; contou mais cem pulsos antes de se dirigir às terras altas pelas trilhas batidas que nunca se alteravam.

As gaivotas tinham chegado enquanto ele estava longe. Estavam paradas a alguns metros do homem, guinchando meio incertas, disparando adiante com a cabeça baixa. Uma delas bateu as asas, aproximou-se da perna direita e deu uma bicada desajeitada no short do homem. Mas a essa altura Samuel já estava na trilha de areia, empurrando o carrinho de mão.

— Vão embora! Saiam daí! Vão embora!

As aves levantaram voo, mas ficaram pairando baixo enquanto Samuel avançava com dificuldade entre os pedregulhos até a praia de seixos. Ele parou ao lado do corpo, tirou um pedaço de corda do fundo do carrinho e caminhou até o lugar onde tinha deixado o barril. Amarrou a corda ao redor dele, deu duas voltas pelo meio, duas voltas pela altura, e o amarrou a um pedregulho alto. Não havia árvores nessa parte da ilha, só vegetação rasteira sem folhas, que se desfazia quando era tocada.

Ele voltou até o homem, colocou as mãos embaixo de cada axila e tentou puxá-lo na direção do carrinho. O corpo não se movia. Samuel grunhia enquanto continuava a puxar, na esperança de que, com a persistência, o corpo pudesse se soltar da coisa qualquer que o estivesse prendendo. Logo começou a sentir dor nos braços, a base da coluna queimava. Ele soltou um grito e caiu para trás quando uma pedra se soltou embaixo do pé dele. O corpo tinha caído em cima dele. O cabelo molhado de um estranho, o suor e o bafo de um estranho. Samuel empurrou o peso para longe, ergueu-se. Os pelos debaixo dos braços do homem eram grossos e compridos. Arfando, se viu puxando aqueles fios longos: tinham se colado ao suor de seus braços, penetrando por baixo das unhas. Ele enxaguou as mãos e os braços no mar antes de voltar a tocar naquele corpo.

Depois de vários minutos, conseguiu erguer o homem pelos ombros e colocá-lo dentro do carrinho. Recostou a bunda na madeira enquanto recuperava o fôlego. Então deu a volta no carrinho, arrastou o torso do homem para cima e as farpas da madeira empenada penetraram na pele dele. A cabeça bateu no carrinho, os braços penderam pelas laterais. Samuel os enfiou para dentro, forçando-os a se encaixar ali; as pernas permaneceram estendidas, cômicas.

A essa altura, suas próprias pernas tremiam. Suas mãos também. Ele se agachou na areia por um momento, olhando além da água para a neblina no horizonte. Pensou antes de dizer:

— Estou velho.

Como se as palavras o tivessem assustado, Samuel se levantou às pressas, segurou os calcanhares rachados do homem e empurrou até os joelhos dobrarem e transformarem as pernas em triângulos. Ele posicionou os pés de modo que se equilibrassem nos cantos do carrinho de mão. Então pegou um segundo pedaço de corda e foi enrolando até que pés, joelhos e braços estivessem bem presos. O corpo gigantesco estava atado e encolhido e deformado.

Mas, apesar de seus cuidados, o homem ainda caía para o lado, contorcia-se, a cabeça batia nas mãos de Samuel, enquanto o carrinho rodava sobre os seixos. A roda empacava a cada volta, de modo que ele começou a antecipar os trancos e pousava o carrinho de mão adiantado, livrava-se do obstáculo, observava o dano à roda antes de começar tudo de novo.

Em dado momento o homem grunhiu e Samuel esperou para ver se abriria os olhos, mas nada. Então continuou avançando pela areia úmida da depressão formada pela água entre os pedregulhos, tão estreita que as laterais do carrinho de mão arranhavam; um dos joelhos do homem ralou em uma ponta áspera e começou a sangrar.

Enfim saíram do meio das pedras, estavam quase fora da praia, havia apenas uma inclinação íngreme com areia cinzenta solta para detê-los. A roda novamente emperrada, imóvel. Samuel recuou, pronto para desistir. Ele tinha tentado, não tinha? Havia feito o que podia. Soltaria o homem, traria água e comida se ele acordasse, um cobertor talvez, e pronto.

Ainda assim, mais uma vez Samuel insistiu em tentar fazer a roda girar na areia fofa. Ele inverteu a posição e começou a andar de ré, puxando o carrinho caminho acima. Finos como papel, seus braços pareciam prestes a se dilacerar. Foi quando a roda empacou mais uma vez e novamente Samuel caiu de joelhos. Ficou coberto de areia. Areia dentro dos sapatos, dos bolsos, das mãos enrugadas. Ele tentou uma vez mais.

Então veio um respiro da terra elevada, uma brisa suave através do capim amarelado. Samuel avistou a trilha de terra sólida ladeada por grumos de florezinhas cor-de-rosa e mato com espinhos verdes. Acima dela se erguia o farol.

Outrora branco, o farol tinha sido calafetado pela última vez em meados do século anterior, antes de o governo colonial deixar o país à sua independência. Estava descascando, sem graça, com manchas alaranjadas aqui e ali, onde as grades de metal da galeria tinham enferrujado e escorrido. Na galeria que dava a volta na sala da lanterna, as ripas do piso estavam quase todas soltas ou haviam caído muito tempo antes. Nos momentos em que Samuel se postava à base da torre, olhando diretamente para cima, as ripas restantes enquadravam o céu lá no alto, marcando, em diversos momentos e estações, nuvens, estrelas, sol e lua. Uma vez a cada quinzena, se ele se sentisse forte o bastante, desbravava a galeria e se segurava em qualquer coisa que estivesse firme para limpar as janelas do farol com uma vara de madeira e um pano úmido na ponta. Tinha feito isso apenas alguns dias antes e havia retornado da tarefa tonto, com a boca mole, enxergando manchas escuras para onde quer que olhasse. Naquele momento, ao erguer os olhos, as janelas refletiam o céu sem nuvens, os raios fortes do sol do meio-dia.

No meio da torre, uma rachadura funda recentemente tinha dobrado de comprimento, cobrindo a largura da estrutura. Mas nada seria feito quanto a isso. Da mesma maneira como nada havia sido feito a respeito do reboco, das grades, das ripas ou do transmissor de rádio.

Ao redor da base, árvores pequenas e retorcidas cresciam, os troncos e os galhos inclinados para o oeste pelo vento predominante, de modo que sempre pareciam estar em voo, e Samuel costumava imaginar, antes de sair pela porta de manhã, se constataria que de fato teriam voado no fim das contas.

Ao se aproximar do pátio murado, os cacarejos começaram; ele moveu para o lado o antigo alçapão que usava de portão e disse, bonachão:

— Certo, meninas, podem parar com o barulho. Já voltei.

As galinhas, todas as sete, correram na direção dele, ansiosas por comida.

— Não, não é para vocês. Vão andando, saiam daqui.

Samuel empurrou o carrinho de mão pelos últimos poucos metros. Puxou para cima do único degrau que dava acesso ao casebre e arrastou pelo pequeno hall de entrada com seus ganchos para roupas, anoraques, chapéus e botas com os saltos gastos, até a sala de estar.

Uma galinha foi atrás dele para dentro de casa, a mais velha com penas avermelhadas que nunca conseguiu muito bem fazer amizade com as outras. Samuel não tinha energia para mandá-la sair de dentro da casa, apesar de as aves saberem muito bem que não tinham permissão de passar da porta. Ele se ajoelhou, permitiu que se aproximasse dele e bicasse o nada em suas mãos enquanto acariciava suas costas. Ele inspecionou as partes depenadas de seu peito e suas coxas, os lugares onde tinha sido atacada. As feridas tinham sarado. Logo, ele esperava, as penas retornariam.

— Muito bem — disse ele depois de um tempo e colocou a galinha de lado.

Samuel soltou as cordas e, devagar, virou o carrinho de mão até o homem cair sobre o tapete puído. Ele reposicionou as pernas e os braços, o pescoço, conferiu o joelho, que não estava mais sangrando, pegou uma almofada velha e colocou embaixo da cabeça do homem. A galinha cacarejou mais perto, percorrendo o comprimento do corpo.

Samuel foi até a cozinha e tomou dois copos de água antes de se sentar em uma cadeira à mesa da cozinha. Ainda havia migalhas do café da manhã, e os últimos restos de um pão. Ele assava o próprio pão duas vezes por semana no velho fogão a gás. Havia aprendido o método sozinho e ao longo dos anos tinha desenvolvido uma receita que o satisfazia. Limpou a mesa com a mão larga, derrubando as migalhas na palma da outra, e atraiu a galinha para perto de si com barulhinhos. Mas ela não estava interessada, preferia rodear o homem estirado no chão, eriçando as penas um pouco.

— Sua tolinha — disse Samuel e, sem se levantar, inclinou-se até a pia e largou as migalhas lá dentro. — Vai se arrepender mais tarde quando estiver brigando com as outras pela sua parte do jantar.

Mas, a essa altura, a galinha já tinha se acomodado, deitada ao lado das pernas do homem com as pálpebras pesadas. Samuel olhou para o rosto do sujeito. A boca comprida no maxilar estreito. Seu rosto parecia totalmente sem pelos, nem mesmo sobrancelhas. Podia ter uns trinta e poucos anos, mas Samuel não ficaria surpreso ao descobrir que era mais velho ou mais novo. Debaixo do lóbulo da orelha, um pouquinho para dentro, ele percebia o pulso trabalhando. Mais uma vez, pegou-se contando. Um. Dois. Três. Quatro. Cinco. Seis.

Por quanto tempo será que o homem viveria? Por quanto tempo ficaria estirado no tapete de Samuel, na casa de Samuel? Ele tamborilou os dedos na mesa, passou a mão no rosto. Seria assim, então? Esse movimento incessante na casa dele, essa casa que tinha sido só dele durante mais de duas décadas de solidão. Ele tinha mesmo algo a ver com isso? Essa respiração, esse pulso, essa juventude, essa vida tomando conta do pequeno casebre, impregnando o piso e as paredes. Samuel começou a se sentir sem ar, ofegando em pânico.

Tentou raciocinar. No dia seguinte, o barco de suprimentos viria, como de costume a cada quinze dias. O barco chegaria e Samuel entregaria o homem a eles. Teriam que levá-lo. Tinham essa obrigação.

No chão, como se estivesse zombando de tudo em que ele estava pensando, uma veia surgiu na testa do homem, inchada e rápida, feroz de tanta vida.

Samuel se levantou de supetão e saiu cambaleando pela porta. Ele iria buscar o barril. Sua esperança era que, quando voltasse, o homem já estivesse morto.

Ele soltou o barril das costas, pousou no pátio, então se recostou na mureta por um tempo, as pernas cedendo um pouco. Pensou em se sentar no chão frio, para descansar, mas, em vez disso, se levantou e endireitou os ombros. Por hábito, pegou a trilha de volta na direção do casebre, mas, ao avistar a porta aberta que levava à entrada escura, ele se afastou, caminhou na direção do farol; deu as costas para o lugar onde o homem estava estirado.

Ao sentir o brilho intenso do sol no rosto, Samuel piscou e ergueu a mão para cobrir os olhos, que lacrimejavam. A isso se seguiu uma sensação estranha em seus ouvidos, de calor e respiração, que o forçou a se virar para trás mais uma vez e encarar a porta aberta.

O casebre tinha começado a suspirar. Aquela devia ser a sensação em seus ouvidos: a porta aberta sugando o ar da ilha, expirando o ar estagnado do casebre.

O homem estava vivo. Samuel não era capaz de pensar em mais nada. Só na respiração daquele sujeito. Não em sua própria fragilidade e dor, não em sua fome, nem mesmo em seu desejo de estar lá dentro, deitado no sofá, talvez para dormir um pouco enquanto seu desconforto ia assentando.

Mas ele não era capaz de penetrar naquele buraco ofegante. Entrar ali seria sufocar, morrer.

Dentro dele, uma coisa pequena, dobrada, começava a se transformar. Ia se abrindo, tornando-se cada vez maior, até que seu peito, seus braços, sua garganta foram envolvidos. Até que ele se sentiu quebradiço e estalando. Samuel ergueu as mãos, mas só conseguiu sentir os dedos raspando na barba por fazer e, por baixo dela, pele fina como papel.

Não, ele não podia entrar no casebre. Nem podia voltar à praia, não com essas pernas cansadas. E, mesmo que fosse capaz, não faria isso. Não quando tinha se transformado em um lugar de pavor.

O desdobramento continuou, afinando seu corpo. Samuel ficou tão fino e sem forma que a qualquer momento poderia ser levado pelo vento, removido.

No pátio, as galinhas carcarejavam, pedindo a refeição do fim da tarde. Samuel foi até o outro lado do casebre, onde ficava a caixa que armazenava a ração. Ele levantou a tampa pesada e pegou a caneca de ágata que ficava por cima dos grãos. A caneca era verde-militar com um enorme anel de ferrugem que chegava à borda e ia além. Havia pontos menores de cor amarronzada em outros lugares: na base, na alça. Samuel enfiou a caneca na caixa de grãos, sentindo a resistência deles, o peso aumentar na medida em que a caneca se enchia. Os dedos dele, grossos na melhor das hipóteses, estavam inchados por causa dos esforços do dia, e a sua mão parecia a de um gigante segurando uma peça de um jogo de chá de brinquedo. Ele espalhou o conteúdo da caneca e voltou duas, três vezes à caixa antes de terminar. As galinhas já tinham avançado, ciscavam a terra empoeirada com tanta rapidez que pareciam ter se esquecido do tempo em que saíam por aí em busca de insetos e minhocas.

O estômago dele roncou; não comia desde manhã. Enfiou a mão na caixa e jogou alguns grãos na boca. Tinham gosto de poeira, da caixa de madeira onde ficavam guardados. Ele já não tinha mais dentes para mastigar essas coisas, mas sugou os pedacinhos, movendo-os entre as bochechas.

Era preciso recolher os ovos enquanto ainda estava claro. Olhou debaixo dos arbustos, nos buracos, dentro do galinheiro comunal, e só saiu com três. No meio de algumas pedrinhas, achou os restos de um, a casca quebrada, a gema escorrendo. Havia pedaços de casca na mureta de pedra e um pouco perto da trilha também. Samuel se perguntou quantos mais teriam sido perdidos para as gaivotas. A galinha ruivinha, ele sabia, não botava mais. Ela era velha demais e não estava bem. Se fosse antes, ele logo teria torcido o pescoço dela, fervido, comido. As coisas iam de tal forma que já havia pouquíssima carne disponível. Mas, a cada dia em que ele mesmo se via minguar, achava que, se aquela galinha tivesse mais comida, mais descanso, melhoraria.

Foi bem nesse instante que uma algazarra começou no meio do bando. Ele se virou para ver as outras galinhas em cima da ruivinha, que havia voltado a sair. Batiam as asas, desferiam ataques que faziam suas peninhas esvoaçar, pairar no ar e cair. Samuel largou os três ovos e foi até elas, enfiando a mão no meio da confusão. A plumagem da galinha ruivinha estava eriçada e havia um ponto de sangue em cima do olho dela, outro no peito nu. Ela carcarejava nervosa quando Samuel a removeu e a carregou para um galinheiro que tinha feito alguns dias antes, com madeira flutuante que havia chegado na praia e redes de pesca. Ele acariciou as costas dela e levou um montinho de grãos para ela comer sozinha, mas ela ficou lá parada com os olhos fechados, recusando-se até a ser alimentada com a mão.

Ele se levantou e passou pelas outras galinhas, que carcarejavam menos à medida que retornavam à ração. Passou pelas fileiras da horta, pegou um caixote de plástico que ficava apoiado na parede e sacudiu para tirar quaisquer aranhas ou outros insetos que pudessem ter se alojado ali dentro desde a noite anterior. Caminhou por entre as fileiras consciente de que colhia para dois, não um.

Os legumes e as verduras eram diferentes daqueles com que tinha sido criado, diferentes das plantações que a família fazia em seu terreno no vale, que ele lembrava como sendo verde e quente. Lá, os pais o tinham mostrado como plantar e colher milho, mandioca e couve, e como bater nos troncos para que as mangas e os cocos caíssem do alto. Na época, a irmã dele não passava de um bebezinho carregado nas costas da mãe. Samuel levava bananas que ela sugava toda feliz, lambuzando o rosto.

A horta que ele tinha agora mais parecia a da escola da missão, o aglomerado de construções na ponta mais distante do vale até onde ele e os meninos da vizinhança caminhavam de manhã, quase sempre ensaiando o Pai-Nosso, cada menino com sua própria versão da reza para confundir uns aos outros até que as palavras se misturavam todas e perdiam o sentido e eles apanhavam por causa disso.

Cada aluno plantava, tirava as ervas daninhas, colhia e comia da horta da escola da missão. Abóboras do tamanho de uma cabeça de vaca, couves-flores e brócolis, raízes roxas estranhas que tingiam tudo de cor-de-rosa, até a urina deles. Deixavam os legumes e as verduras colhidos na frente da porta da cozinha, só para recebê-los de volta no dia seguinte, no almoço, transformados em uma massa cinzenta cozida com gosto de nada.

Como tinha aprendido com os pais e com os missionários, Samuel era cuidadoso com as fileiras, mantinha todas bem arranjadas, livres de ervas daninhas, nunca colhia mais do que o necessário. Ele fazia compostagem com o solo arenoso da ilha, estendia telas para proteger as plantas dos pássaros, do mesmo jeito que o pai fazia com sacas e os missionários, com qualquer menino que achassem que não tinha recitado a lição muito bem. Por um dia, o trabalho do coitado seria agir como espantalho, tocando um sino pelas fileiras em um ritmo que não podia vacilar.

Aquele tempo no vale, o toar ritmado do sino, os insetos verdes, as frases entoadas e as palavras, o peso de uma abóbora em seus braços, a boca cheia de comida, e aquele sino ressoando no compasso dos segundos de crescimento na horta. Lembranças que mal passavam de um gosto ou de um cheiro, distantes demais para serem algo maior.

Ele encheu o regador de metal junto ao tubo de água e foi passando pelas fileiras, abaixando-se depois para enfiar o dedo na terra para ter certeza de que a água tinha penetrado bem. Estava escurecendo e ele caminhou lentamente pela última fileira, demorando-se ao apalpar o solo úmido, tocando as folhas. Ele se ergueu e viu a erva daninha. Ele a havia batizado de erva sufocante quando chegou à ilha e viu que ela crescia em qualquer lugar, subindo pelas paredes do casebre e pela torre, forrando o solo por toda a área em seu entorno.

— Não dá para fazer nada a respeito disso. — Havia dito Joseph, seu predecessor. — Não adianta nada tentar domar a terra de acordo com a sua vontade, ela faz o que bem entende.

Mas Samuel tinha outros planos e passou o primeiro ano trabalhando para acabar com a erva sufocante. No entanto, a cada semana, ele encontrava pelo menos um novo foco de brotos, e lá estava ela de novo, acomodada entre duas pedras na mureta como se tivesse sido convidada. Ele se assegurava de arrancá-la pela raiz antes de levá-la até um trecho de cimento chamuscado perto do tubo de água. Ali, ele manipulava a erva com fósforos acesos, observando enquanto a planta se contorcia e se contraía, sem parar até ter certeza de que tinha causado danos suficientes para que ela não voltasse a crescer nunca mais.

O homem ainda não havia morrido quando Samuel finalmente retornou ao casebre. Aliás, ele tinha se arrastado pelo chão e estava recostado no sofá, com os braços esticados por cima do assento como se estivesse tentando se levantar.

— O que você es...?

Samuel começou a perguntar, mas sua garganta estava seca e as palavras não saíam. Ele juntou saliva na boca, engoliu, soltou alguns grãos da bochecha e tentou mais uma vez.

— O que você está fazendo?

O homem ergueu os olhos. A parte branca estava amarela, as pupilas, desfocadas. Ele proferiu uma palavra que Samuel não compreendeu, ou talvez não tivesse escutado direito. Ele deu um passo adiante e o homem repetiu, estendendo a mão como uma pessoa em situação de rua, tal qual o próprio Samuel havia estendido quando era criança e tinha pedido esmola ao lado da irmã, quando a família tinha sido obrigada a se mudar para a cidade. E então, na meia-idade, com as mãos já cheias de artrite como as de um velho depois de vinte e três anos na prisão, ele tinha sido obrigado a pedir esmola mais uma vez. Mas já não havia nenhuma criança para fazer número, não havia o benefício da juventude para ajudá-lo a competir com as hordas de rapazes e moças que assombravam os semáforos nos cruzamentos. Carne no espetinho, bananas, frango frito, bichos de pelúcia, entalhes de madeira. A ânsia da aquisição ao redor dele. Sempre alguém vendendo algo, alguém comprando, tudo isso feito em meio ao trânsito enquanto cachorros que eram só pele e osso desviavam dos carros em busca de restos.

O homem fez de novo um gesto com a mão, dessa vez levado à boca, como se faria com um copo. Ele repetiu a palavra.

— Água? — perguntou Samuel, indo até a cozinha.

Do armário, ele tirou uma caneca de plástico laranja que tinha uma alça com dois buracos. Uma caneca feita para a mão de uma criança. A borda havia sido mastigada, o plástico se despedaçava, mas já era assim quando ele a tinha encontrado na praia, trazida pelo mar, um dia. Um objeto descartado por alguém ou perdido por um banhista, levado por uma onda.

Ele encheu a caneca na pia e a levou até onde o homem estava. Apesar de suas mãos tremerem, o sujeito conseguiu segurar o objeto e levar até os lábios. Ele bebeu fazendo muito barulho, derramando a água no peito e no short ainda molhado. A água fez com que ele tossisse e fungasse. Um líquido transparente escorreu das narinas até a boca. Ele limpou com a mão e então estendeu a caneca para Samuel e a sacudiu. Proferiu uma palavra rouca. Ele queria mais.

Samuel voltou à cozinha e abriu demais a torneira, a água jorrou com força, límpida. Quando ele afastou a caneca, só estava cheia pela metade. Precisava fazer de novo, mais devagar, com um fiozinho de água que enchesse a caneca até a borda.

De novo, o homem bebeu ávido, derramando menos dessa vez. Quando terminou, a mão dele pendeu, os dedos magros ainda enganchados nos buracos duplos da alça. Pingos caíram no tapete. O sujeito fechou os olhos, deixou a cabeça cair para trás, lambeu os lábios e engoliu. Então abriu os olhos, um de cada vez, olhou para Samuel e falou.

Samuel sacudiu a cabeça.

— Não entendo.

O homem fez força contra o assento do sofá, tentando se levantar. Ele fez isso sem emitir nenhum som, com o rosto contorcido em uma careta de mostrar todos os dentes. Samuel permaneceu afastado, observando. Ele não queria ter aquele corpo encostado no dele mais uma vez. O homem se ergueu o suficiente para se sentar no sofá.

— Suas roupas estão molhadas. Precisa se trocar. Não está com frio?

O homem assentiu, como se tivesse entendido. Então foi escorregando até ficar com a cabeça na outra ponta do sofá, o torso comprido encaixando-se direitinho, e ele fechou os olhos para dormir.

Samuel só tinha uma faca afiada. Era grande, de bom manejo, com cabo de madeira largo, mas a extremidade da lâmina tinha quebrado, deixando-a sem ponta. Com o tempo, ele tinha afiado a lâmina, mas o formato era fora do comum. A base era grossa e terminava em uma ponta repentina e muito fina. Sem dúvida voltaria a quebrar algum dia.

Ele pegou a panela em que tinha deixado feijões de molho desde manhã. Tinham aumentado de tamanho e ficado macios. Metades de casca flutuavam na água depois de terem se soltado com o inchaço. Ele enxaguou os grãos na torneira e então procurou a maior panela que tinha no armário embaixo da pia. Estava bem no fundo, empoeirada. Ele a lavou, pegou a tampa e transferiu para ela os feijões e a água limpa antes de colocar para ferver. Era uma porção para um homem só, medida com cuidado. Mas, naquela noite, a porção teria que ser para dois.

Ele limpou as verduras e os legumes, usando as unhas para tirar cocô de pássaro onde havia. Ele virava cada legume em busca de buracos onde minhocas ou insetos pudessem ter entrado, e seguia a trilha com a ponta fina da faca, jogando o que encontrava na pia para ser lavado depois. Ergueu uma tábua de corte de madeira do lugar onde estava encostada na torneira. Fedia à cebola, um cheiro que persistia havia anos, por mais que ele esfregasse. O fedor passava para os seus dedos. Descascou alguns dos legumes e picou todos, separando os pedacinhos em duas pilhas: os duros e os macios. Após um tempo, acrescentou os duros à panela. Então ergueu a mão para o armário em cima da pia, para pegar sal e pimenta. Os dois estavam quase acabando. Esvaziou o conteúdo de ambos na panela e mexeu com uma colher de madeira antes de retornar o galheteiro ao lugar. O barco de suprimentos traria mais no dia seguinte.

Samuel fez uma pausa em um momento de irritação. Ele tinha esquecido. Havia pedido que trouxessem esterco, mas tinha se esquecido de preparar o solo para ele. Não dava mais tempo, já estava escuro. Se ele acordasse bem cedo, talvez conseguisse. Começou a dividir mentalmente a horta em partes que desse para manejar, cortando o ar com a faca enquanto imaginava.

Mas, não, ele esperaria. Esperaria até que o homem tivesse ido embora, até que a ilha voltasse a ser dele.

No fogão, o cozido fervia, então Samuel adicionou os legumes macios. Limpou a pia com um pano, jogou as cascas em um balde para as galinhas, colocou as sementes de lado para poder voltar a plantá-las e lavou a faca e a tábua. Na pia, uma das minhocas tinha conseguido se arrastar até a ponta e tentava subir pela lateral. Samuel jogou um pouco de água na direção dela, observou quando se enrolou e desapareceu pelo ralo, onde as outras já tinham se perdido.

O homem estava à porta, vestido com as roupas que Samuel tinha deixado para ele. A camisa era curta demais, e a calça também.

— Quer comer? — perguntou Samuel.

Quando o homem olhou para ele com uma expressão de quem não entendeu nada, Samuel apontou para a barriga, para a boca, para a panela no fogo.

— Está com fome?

O homem sorriu. Assentiu.

Samuel fez um gesto para a mesa e a cadeira. Então voltou para a sala e retornou um momento depois com um banquinho de três pernas para si. Estava manchado de tinta e caminhos de cupim de muito tempo atrás. Ele pegou um descanso da pia, dispôs no meio da mesa, depois calçou luvas de forno e carregou a travessa de ensopado até o descanso.

Fez uma pausa. Se deu conta de que só havia um prato. Era o mesmo que usava para todas as refeições; nunca tinha havido necessidade de outro. Mas, na verdade, havia, sim, porém apenas um: um prato de bolo que estava à mostra na sala. Apesar das lascas e das rachaduras, ainda mantinha a borda dourada. Tinha chegado até Samuel em uma caixa com doações. Quando ele o havia erguido do meio das quinquilharias, imaginou que no passado tivesse tido seu lugar na mesa da sala de jantar do primeiro presidente do país, em cuja mansão havia um salão com uma mesa capaz de acomodar cem convidados, todos sentados sob uma cascata de lustres de cristal.

— É isso que a África pode ser! É isso que a África é! — tinha dito o presidente em seu pronunciamento, um momento cujas fotos foram impressas em jornais e panfletos distribuídos entre os pobres e analfabetos nas favelas. — Não estamos perdidos sem os colonizadores. Olhem para o que somos na nossa independência!

Os panfletos eram em preto e branco, e, se Samuel alguma vez tinha conseguido distinguir o padrão dos pratos, ele já não lembrava. Mas ele se lembrava de ter levado um panfleto para onde o pai estava e lhe mostrado a mensagem do presidente por quem ele havia lutado. O pai tinha chamado o prato de "louça chinesa", e então, quando o prato chegou a Samuel, ele o associou imediatamente à China, acreditando que as ilustrações nele fossem daquele lugar distante. Mas Chimelu, um dos barqueiros do navio de suprimentos, cuja esposa, Edith, trabalhava para uma instituição de caridade e tinha mandado a caixa, corrigiu.

— Esse tipo de material e padrão foram criados na China há muito tempo, mas olha aqui. Está vendo? Não é da China coisa nenhuma, é da Inglaterra. — Ele virou o prato do outro lado e mostrou com o dedo enquanto lia: — "Louça de Sutherland". Como eu ia dizendo, é "Made in England", fabricado na Inglaterra. Então, é isso aí. Bem como eu disse.

O desenho era azul sobre um fundo branco. Mostrava um castelo com uma torre que lembrava o farol, sem a luz.

— Aquela parte, as construções, elas seriam marrons, acho — disse Chimelu, apontando por cima do ombro de Samuel. — Aí tem um gramado, sabe como é, igual a capim, só que aparado e macio e muito verde. Isto aqui em frente é um lago e, olha, tem um homenzinho em um barco de pesca, igualzinho a você.

— Eu não tenho barco.

— Não, quero dizer que ele está ali sozinho. Ele provavelmente é o rei. Igual a você, que, ao seu modo, é o rei deste lugar, sabe?

Samuel ergueu o prato e olhou para ele mais uma vez. O lago era rodeado por árvores altas e frondosas, com uma borda floral em volta.

— Estou dizendo, isto aqui é velho. Provavelmente uma antiguidade valiosa. Muito especial — disse Chimelu.

— Não, não é — disse John, o outro marinheiro. — Não enfie ideias na cabeça dele. Diz logo aqui: "Historical Britain Souvenir. Bothwell Castle", lembrança histórica da Grã-Bretanha, castelo de Bothwell. Deve haver milhares iguais. Não tem nada de especial nesse prato.

— Não faz mal — disse Samuel e, naquela noite, tinha preparado um arame para pendurar o prato na parede.

Ele não ia comer naquele prato. Em vez disso, pegou a panela pequena em que tinha deixado os feijões de molho antes e usou como tigela. Serviu uma porção para cada um, deu ao homem um garfo de dentes longos com cabo de plástico preto, e ele próprio usou uma colher de metal.

O homem comeu rápido, parando apenas uma vez para esfregar a barriga e sorrir, para mostrar que a comida estava boa. Quando terminou, estendeu o prato para pedir mais. A raiva subiu em Samuel. Ele tinha dado de comer ao homem, não tinha? Havia cumprido sua obrigação. Será que ele tinha que dar comida ao homem até ele explodir?

Ele se lembrou, então, de estar sentado na frente da irmã. Havia sido solto da prisão e ido até ela, e estavam sentados à mesa na cozinha dela, jantando, do mesmo jeito que ele fazia com o homem naquele momento. Ele mastigava quando Mary Martha se virou para ele e disse:

— Jesus, mas para que você serve? Não passa de mais uma boca para alimentar.

Ali, sentado em sua própria cozinha, Samuel franziu o cenho para aquele prato que lhe era estendido. Ergueu as mãos um pouco, como quem se rende, indicando que ele mesmo já estava satisfeito.

— Sirva-se. Coma tudo.

O homem pareceu entender. Ele puxou a panela em sua direção e a inclinou. Colocou a comida no prato, derramou um pouco. Esses pedaços ele pegou com as mãos e enfiou na boca. Raspou até a panela estar vazia, então levou a colher de pau à boca e lambeu até não sobrar nada. Ao perceber que estava sendo observado, ele parou. Falou, apontou para o corpo, para o comprimento dele, para a barriga. Então deu uma risada, sacudiu a cabeça. Ele tinha feito uma piada. Voltou ao prato e usou o dedo para empurrar a comida para cima do garfo. Depois de cada bocada, ele lambia o dedo. Os lábios dele brilhavam.

Samuel se levantou, começou a lavar a louça. Não conseguia mais olhar para aquilo.

Enquanto lavava a louça, Samuel procurou o arco escuro no fundo da panela. A comida tinha agarrado ali, queimado no fundo. Ele tinha sentido o gosto amargo enquanto comia, e o cheiro acre permanecia no ar. Mas não havia comida queimada na panela.

Samuel cheirou o ar com o rosto inclinado para cima. Com certeza o cheiro estava ali. Algo tinha queimado ou estava queimando, mas ele não conseguia descobrir a origem. Sentiu a coceira no nariz que antecede um espirro, seus olhos se encheram de água. Foi tomado por uma súbita ansiedade e repulsa, fazendo com que um pouco da refeição lhe voltasse à garganta, o gosto ácido no fundo da língua. Ele engoliu, então tossiu, com medo de se virar, de fazer qualquer movimento. Apoiou o peso do corpo contra o armário que lhe batia nas coxas. O cheiro persistia.

Ao longe, a lembrança de um homem falando: um rapaz de terno e bigode, com o chapéu no colo. O rapaz estava falando com uma moça de dezessete ou dezoito anos, sua voz tão alta que Samuel, a três fileiras de distância e novato em reuniões daquele tipo, havia conseguido ouvir cada palavra, distraindo-se dos discursos a que tinha ido assistir. Os lábios finos da moça estavam pintados com batom; tinha as orelhas furadas preenchidas com argolinhas. Ela afastava a cabeça do homem — a voz dele estava alta demais — e olhava ao redor, mal mexendo o pescoço, como se estivesse envergonhada e desejasse saber quem a estava observando naquele momento. Samuel olhou para ela, sorriu nervoso, e ergueu as sobrancelhas em um gesto cômico, enquanto o homem continuava falando ao lado dela:

— ... sabe por que dizem isso?

A moça sacudiu a cabeça para indicar que ele devia ficar quieto, mas ele tomou aquilo como sinal para continuar.

— Dizem que isso, cheiro de pão queimado, é o cheiro que a gente tem pouco antes de morrer. Sim, entre todos os cheiros do mundo, é esse que vem para avisar que chegou a nossa hora! É por isso que eu sei que esta reunião é segura. Não sinto nenhum cheiro desses. Não vão fazer uma batida. — Ele soltou uma risada alta, segurou o chapéu, deu mais risada.

A dois assentos de Samuel, Meria meio que se ergueu da cadeira e sibilou por entre as fileiras:

— Dá para calar a boca, porra? Tem gente aqui que quer escutar.

Os joelhos de Samuel falharam um pouco com a lembrança e bateram contra a porta do armário. Então, estava acontecendo. Ele estava prestes a morrer. Aos setenta anos, com um desconhecido em sua ilha, com tudo fora do lugar, o fedor de queimado tinha chegado para pegá-lo. O cheiro aumentou, tornando-se espesso e sufocante.

Ele era menino mais uma vez, no vale verde, só que já não era mais verde. Cor de laranja e preto com as chamas, as hortas de subsistência e as colheitas de cada família estavam sendo destruídas. Homens uniformizados tomavam as estradas de terra com espingardas e tições, ateando fogo em tudo que tivesse sido plantado ou construído. Casas, cercas, varais ardiam em chamas, assim como galinhas que alguns dos homens chutavam de um para o outro com suas botas pesadas, xingando e rindo com a brincadeira. Outros brandiam lâminas, facões, diversos objetos cortantes que usavam para cortar a garganta dos animais de criação. Cabras arfavam sangue, vacas caíam de joelhos e depois desabavam umas por cima das outras. Em algum lugar, um burro zurrou e zurrou e zurrou, até que alguém pôs fim ao som.

Correram. Chamas e cinzas os seguiam. De uma casa à frente deles, uma senhora saiu cambaleando, acenando com os braços magros.

— Socorro! A minha casa está pegando fogo, socorro!

O pai de Samuel não parou, não olhou na direção dela.

A mãe dele gritou:

— Vovó, a senhora precisa ir embora. Agora. Vem com a gente. Se puder correr, corra.

Mas a mulher choramingou para a pessoa mais próxima, agarrou-se à camisa bege do homem, puxou a manga dele, a mão que segurava a espingarda. Ela era minúscula, só batia no cotovelo dele.

— Me ajuda — disse ela. — Me ajuda, me ajuda, me ajuda.

A essa altura, a família de Samuel já a tinha deixado para trás, mas, quando ele se virou para olhar, ela estava no chão com o rosto todo ensanguentado. Ainda enquanto fugia, ele foi capaz de ver o maxilar dela estalando, os olhos voltados para o céu.

O despejo deles tinha sido comunicado sem emoção por um tradutor com um sotaque que eles não reconheceram. O vale cultivável era propriedade dos colonizadores.

— Ordens do governador. Voltem para as montanhas, onde é o lugar dos macacos. Esta terra não pertence mais a vocês. Glória ao Rei e glória ao grande Império.

No começo, ninguém tinha acreditado nas palavras do homem. Quem poderia fazer com que eles se mudassem, eles, que estavam ali havia tantas gerações que nem dava para contar? Mas então os homens chegaram e mostraram a eles que ninguém teria permissão para ficar. A terra tinha sido tomada.

Fugiram sem nada, sem parar. Nem quando a mãe tropeçou, com a irmã amarrada nas costas, que bateu a cabeça com tanta força que fez um galo imediatamente. Ela, que já estava chorando, começou a berrar. Ainda assim, continuaram a correr, entre seu próprio sangue e sua própria saliva, enquanto a nuvem escura do vale em chamas os perseguia, empurrando-os adiante, adiante, na direção do céu azul.

Os que fugiam na frente deles tinham arrasado com toda a terra e os vilarejos por onde passaram. Destrutivos como uma nuvem de gafanhotos, cataram tudo que puderam, deixando para trás talos, ossos, ninhos vazios, uma trilha de fome insaciada.

A maior parte pegou sem pedir, e muitos usaram de força. Invadiram casas, fizeram ameaças, cometeram assassinatos. Grupos se juntaram nos vilarejos e se valeram de seus números para saquear armazéns, fugindo com sacas de fubá e de feijão. Os que vieram depois varreram os detritos em busca de qualquer coisa que pudessem encontrar. Um punhado de amendoins, uma batata-doce embolorada. Mas não a família de Samuel. O pai dele proibiu.

— O que era nosso foi roubado — disse ele. — Como é que nós, que sabemos o que é ser roubado de tudo, podemos nos comportar da mesma maneira em relação a outras pessoas?

— É ali que tem comida, pai, e nós estamos com fome — respondeu Samuel.

— É isso que você tem a me dizer? Eu não lhe ensinei... os missionários não lhe ensinaram... a não fazer aos outros aquilo que não gostaria que fizessem a você? Lembre-se, Deus está sempre de olho em nós. Ele é capaz de enxergar um crime, por mais alto que esteja no céu.

— Mas é só uma banana de uma bananeira. Só isso. Para a gente dividir.

O pai ignorou e continuou avançando, embora as canelas estivessem tortas; o pé esquerdo tão cheio de bolhas que ele só conseguia caminhar pisando com o calcanhar.

Quando a noite caiu, eles se acomodaram um pouco afastados da estrada, embaixo de uma árvore. Samuel escutou, irritado, a irmã sugando o seio da mãe. O galo na cabeça dela era uma protuberância dura, de um vermelho quase iridescente. Ao lado dela, seu pai, de olhos fechados e mãos unidas, sussurrava uma prece contínua. O solo estava úmido. O bebê mamava. O pai murmurava. A fome de Samuel o corroía, mordaz e poderosa, como se vinda da boca do próprio Deus.

Na cozinha, a lembrança do fogo tinha levado o cheiro embora. Era de comida que ele sentia cheiro dessa vez. Colocou a panela lavada ao lado da pia para secar. As mãos exalavam o cheiro pungente da cebola. A seus pés, cascas se enrolavam no balde. De trás dele veio o barulho de mastigar, de lamber. Ele amoleceu um pouco e se virou de frente para o homem, para observar enquanto ele limpava o prato com o dedo. Se, naquele dia em que o vale queimou, alguém tivesse oferecido a ele um prato de comida, ele também se sentiria inclinado a estendê-lo e pedir mais. Não podia culpar um homem em fuga por sua fome.

A latrina ficava do lado de fora do casebre, dando a volta pelos fundos. No passado, o acesso era mais fácil, a apenas dez passos de uma porta nos fundos, na cozinha. Mas um predecessor tinha fechado a porta com tijolos na parte de dentro, de modo que só dava para ver a porta do lado de fora, sem maçaneta, com um chumaço de papel velho no buraco da fechadura enferrujado; as janelas, com a maior parte das vidraças faltando, mostravam o cimento grosso e os tijolos bem lascados em fileiras tortas.

Samuel mostrou ao homem onde a lanterna preta pesada ficava pendurada na entrada, então ligou a luz e foi na frente para mostrar o caminho até a latrina, passando pelo farol. A porta era pequena, deixava aberturas da largura de um pulso no alto e embaixo. Elas forneciam um pouco de ventilação e luz à estrutura sem janelas; mas Samuel raramente se dava ao trabalho de fechar a porta enquanto estava lá dentro.

O piso da latrina era um pouco afundado, e Samuel tocou no ombro do homem para mostrar a ele com a lanterna para tomar cuidado com o degrau para baixo. Por causa da depressão, ficava alagado quando chovia, então Samuel tinha colocado dois tijolos no piso, com a mesma distância das pernas abertas. A casinha era pequena; ele precisou se apertar para passar pelo homem e empurrá-lo pela porta aberta ao colocar os pés nos tijolos, agachando um pouco para mostrar a que serviam.

O homem franziu a testa.

Samuel abanou com a mão em sinal de "deixa pra lá" e sacudiu a cabeça. Não ia chover naquela noite. Não fazia diferença.

Os tijolos eram do tipo que tem três buracos no meio, e aranhas moravam tanto neles quanto atrás da porta e nos cantos. Teias espessas e cinzentas se dependuravam do teto. O homem, alto como era, roçou nelas com a cabeça, abaixou-se um pouco.

Samuel apontou para os dois rolos de papel higiênico que estavam em cima de um tronco de madeira virado. O papel era fino, do tipo mais barato, com uma leve textura pontilhada. Samuel rasgou um pedaço, apontou para a privada, sacudiu a cabeça de novo e disse:

— Não, não, não.

Então jogou a bolinha amassada em um cesto com tampa do outro lado da casinha. Uma vez por semana, o papel era queimado. Com o braço apoiado na parede, ele olhou ao redor para ver se tinha mais algo que precisava mencionar. Sentia as bolhas do reboco cedendo sob seu peso, pedacinhos se prendendo à sua roupa. Ele soltou um "ah" e indicou ao homem que devia trocar de lugar com ele. Do lado esquerdo da privada havia um mecanismo de descarga operado por meio de uma correntinha, preso a uma cisterna no alto da parede. Uma vez, um dos elos da corrente havia quebrado, e Samuel tinha consertado com arame. Ele apontou a sutura ao homem como cortesia. Era alta demais para Samuel alcançar, mas o homem grande poderia pegar nela por acidente e furar a mão nas pontas afiadas. Samuel puxou o anel na ponta da corrente, duas vezes, com força, antes de a casinha ganhar vida com a descarga ruidosa. Ambos os homens olharam para dentro do vaso, escuro com a urina de um dia inteiro, observaram quando se encheu e esvaziou com a água da chuva coletada em um tanque de metal em cima do telhado. Os dejetos percorriam túneis que o próprio Samuel tinha cavado: havia levado anos para romper a terra dura, anos de trabalho para que o cocô dele pudesse correr até o mar. Ele não sabia como dizer ao homem para ser econômico com a descarga, que só devia ser puxada uma vez por dia, e por isso nem tentou.

Não havia pia. Samuel conduziu o homem até a torneira externa onde um saco feito com um pano velho se dependurava na ponta do cano. Dentro do saco havia restos de sabão. Ele mostrou ao homem como molhar o saco, esfregar entre as mãos até fazer espuma e então lavar o rosto e as mãos e o pescoço. Um banho propriamente dito com uma bacia de plástico e água esquentada no fogão não era necessário. Os banhos do homem não eram responsabilidade dele. Samuel também não tinha nem escova nem pasta de dentes. Não era algo a que ele estivesse acostumado. Em vez disso, usava o dedo e cinzas ou mascava a ponta de um graveto até que ficasse macia. Pasta de dentes, ele tinha experimentado pela primeira vez na meia-idade, quando saiu da prisão e foi morar com a irmã. A sobrinha de dezesseis anos havia tapado o nariz com os dedos, as unhas pintadas de verde, reclamando que ele fedia, que os dentes dele eram da cor de café.

— Você não se cuidava na prisão? — havia perguntado Mary Martha.

— Não nos davam produtos de higiene pessoal. Nossas roupas eram lavadas de vez em quando, e todo o resto deveríamos comprar ou receber da família ou dos amigos.

— Ah, então a culpa é minha? Eu tinha uma família, caso não esteja lembrado. Eu tinha os nossos pais, com o papai do jeito que era e dois filhos para cuidar sozinha. Está vendo algum marido aqui? Não, porque não tem nenhum. Nunca teve. E vai reparar que eu nem estou mencionando Lesi. Nem estou mencionando que tive que acolher o seu filho porque o pai e a mãe dele eram criminosos. Quem mais teria feito isso? Quem mais? Nenhum dos seus amigos e camaradas dos encontros. Nenhum deles. Fui eu quem acolheu o menino. E agora você está aí sem fazer nada, reclamando de pasta de dentes.

— Não, irmã, eu não estou reclamando. Você fez o bastante.

E depois, quando ele saiu do banheiro com a mão no pescoço, perguntando:

— É mesmo para queimar assim?

Ela disse:

— Ah, pelo amor de Deus, você engoliu? Até o papai aprendeu a escovar os dentes. Até ele conseguia fazer isso.

Samuel deixou o homem na latrina e caminhou até a frente do pátio. A noite estava limpa, carregada de estrelas, e ele conseguia enxergar com facilidade a torre branca do farol. Sempre ficava mais bonita à noite. A torre, que parecia acabrunhada e prejudicada pelo clima durante o dia, à noite era alta, majestosa até, o reboco claríssimo. Do topo, o facho se estendia para longe da ilha, por cima do mar imóvel, escuro, acariciando a rocha a quase um quilômetro de distância, onde as aves marinhas dormiam.

O facho de luz piscava um-dois-pausa-um-dois-pausa. Um sinal que pulsava acima da ilha e do mar, enquanto do outro lado da baía uma luz vermelha brilhava no porto continental, e além dela cem mil pontos brilhantes marcavam a cidade. Uma cidade que parecia à deriva no mar escuro, flutuando e flutuando, indo a lugar nenhum.

Ele ouviu o homem tossir dentro da latrina e ficou imaginando quanto tempo mais ele ficaria lá. Um vento frio soprava, assobiava e uivava alto quando passava pelas frestas da janela ou se debatia por entre os galhos das árvores. Samuel caminhou até a árvore que ficava ao lado da torre e manteve a cabeça baixa, o corpo próximo ao tronco enquanto urinava.

O facho pulsante continuava. Mas Samuel não se sentia à vontade. A pausa entre os pulsos estava longa demais. Não muito. Meio segundo. Um segundo. Igual a um batimento cardíaco ficando mais lento. Talvez o mecanismo precisasse de lubrificação. Ele deu um passo na direção da porta do farol e, quando fez isso, o vento se abateu sobre ele, soprando a jaqueta para cima da cabeça dele. Ele a puxou para baixo e caminhou ligeiro de volta ao casebre. Iria consertar o mecanismo no dia seguinte. Já estava cansado demais. O corpo doía. Samuel não podia nem pensar em subir a escada da torre. Amanhã. Amanhã.

Ainda era cedo. Não mais do que sete ou sete e meia. Ele se sentou no sofá, inclinou a cabeça para trás com um suspiro. Havia algo macio encostado em seu pescoço, algo desconhecido. Ele estendeu a mão para trás e pegou o short do homem. Tinha sido deixado ali, no encosto do sofá, em um monte. Era escuro, ou tinha sido em algum momento, agora estava desbotado da cor de carvão, decorado com manchas de sal.

Samuel ficou com vontade de jogar no lixo da cozinha. Queimar no próximo dia de descarte. Em vez disso, ele se levantou pesadamente, pegou um balde no canto da cozinha e encheu de água pela metade. Foi até o armário onde guardava o material de limpeza e tirou uma caixa de sabão em pó com o canto de cima aberto. Colocou um pouco no balde com água fria, mexeu com a mão até fazer espuma. Mergulhou o short na água e o tecido inchou e flutuou. Samuel foi empurrando para o fundo várias vezes, a espuma lhe subindo pelo braço e o short deixando a água cinzenta.

Quando achou que todo o sal tinha se dissolvido e toda a areia tinha se soltado, Samuel derramou a água na pia e enxaguou o short com água limpa. Estava ventando demais para pendurar do lado de fora, então ele torceu o máximo que pôde e pendurou em um prego na parede; colocou o balde embaixo para aparar os pingos.

O homem entrou e devolveu a lanterna ao gancho dela na entrada, então entrou na sala, com as mãos unidas, soprando-as. Água reluzia em seu cabelo. Ele aceitou o cobertor que Samuel lhe ofereceu e colocou nos ombros, usando como se fosse uma capa. Então se sentou em um lado do sofá, tremendo, enquanto Samuel fervia água e preparava um chá para eles.

Sentaram-se lado a lado meio sem jeito, soprando, dando um gole, soprando. Depois de um tempo, Samuel se levantou, foi até o aparelho de televisão e ligou. Chiou e estalou, com a tela cinzenta, antes de ele voltar a desligar.

— Não está funcionando — disse ele. — Desculpe.

Às vezes, ele colocava uma fita e assistia a um vídeo à noite, para ter companhia, enquanto remendava roupas com pontos grandes e desajeitados, ou remexia na caixa de ferramentas ou em alguma outra coisa que necessitasse de reparo.

O homem meio que se ergueu no sofá, como se achasse que era isso que se esperava dele. Observou Samuel, à espera, e, quando ele pegou algumas revistas velhas na estante e as estendeu, o homem sacudiu a cabeça e voltou a se sentar.

Samuel devolveu as revistas ao lugar.

— De todo modo, não tem nada que valha a pena olhar nelas.

O homem continuou a tomar seu chá.

— Chimelu… você vai conhecer amanhã quando ele vier com o barco de suprimentos… a esposa dele é quem manda para mim. Ela me manda coisas que a loja de caridade não consegue vender. Ninguém mais quer fitas de vídeo, não hoje em dia, nem revistas velhas como essas.

O homem pousou a caneca na mesinha de centro e apertou o cobertor em volta do corpo.

Samuel tossiu, acenou com a mão para as prateleiras, tocou na lombada de algumas das fitas. Começou a dizer algo, mas, em vez disso, pegou uma revista e virou para que a capa não ficasse mais visível. Os filmes e revistas do país dele o deixavam desalentado. Para ele, as pessoas que os estampavam pareciam tão estrangeiras quanto o homem em seu sofá. Óculos escuros, tatuadas, vestidas com seda e joias feitas de ouro, falavam uma língua reduzida a crueldades e gírias, só perjúrios e tropeços. Eram rígidas feito manequins, cada uma tentando imitar algo que estava muito fora de seu alcance. Os filmes mostravam amantes, boates, drogas e traficantes, como se isso fosse a única coisa, tudo. Como se não houvesse história, e todo o passado fosse algo que tinha acontecido em outro lugar, a ser lembrado por outros.

No entanto, ele entendia a atração despertada pela fartura e pelo brilho. O que aquilo tinha feito com ele quando chegou à cidade e viu os homens de terno, o cabelo modificado com pomada. Da esquina onde ele pedia esmola, observava-os caminhando, parados na fila do ônibus. Falavam alto, inclinavam o chapéu um para o outro. Ou, se estivessem sozinhos, faziam questão de mostrar que estavam lendo o jornal, bufando, sacudindo a cabeça, virando as páginas e dobrando o papel de um jeito barulhento, até ficar de um tamanho aceitável. Na favela onde moravam, havia mulheres de peruca e vestidos de cetim baratos, mulheres que, em troca de meias-calças e brincos de pressão, permitiam-se ser levadas a becos e pressionadas contra as paredes. Essas coisas tinham parecido ser importantes a Samuel. Essas eram as coisas que começaram a fazer diferença, e ele se viu envergonhado pela reza do pai e pelo rosto limpo da mãe, por suas roupas do interior, por suas tranças de raiz bagunçadas.

Aquele outro mundo tinha desaparecido atrás deles e, ali na cidade, no cruzamento cinzento onde ele pedia esmola junto com a irmã e uma senhora cega conhecida como Mamãe Triste, ele observava pessoas brilhantes e radiantes, passando contra um fundo tão sem graça quanto uma folha de jornal. Carros enormes passavam levando homens vestidos com ternos brancos, as esposas pálidas segurando lenços no nariz: homens que tinham sido enviados pela Coroa para governar e instaurar a ordem. Seus carros eram escoltados por guardas de motocicleta. Quando não estavam em cima das motos, esses guardas seguiam suas madames e seus patrões, carregando pacotes, cutucando as pessoas para saírem da frente, xingando as pessoas em situação de rua que tentavam ir atrás.

Crianças corriam entre as filas dos ônibus; tinham nascido ali, desalojadas ou tornadas órfãs de diferentes maneiras pelos colonizadores. Batiam carteiras, roubavam os camelôs e se abaixavam para pegar as bitucas ainda fumegantes de cigarro. Samuel as observava como outra criança talvez observasse as figuras de um livro infantil. Ficava pensando em como seria sair da poeira e da fumaça de escapamento e adentrar nas páginas coloridas e barulhentas daquelas crianças. Como ele passaria a ter seu mesmo destemor em vez das batidinhas tímidas que ele dava nas janelas dos carros com a mão estendida para receber um trocado. Como ele seria algo além do menino que recebia maçãs meio comidas e as dividia com a irmã menor e a senhora desdentada que erguia os olhos azuis leitosos para o céu e previa chuva ou fome ou desgraça para o dia que estava por vir.

Na tranquilidade do meio da manhã, um dos meninos, apelidado Cachorro, assobiou do ponto de ônibus, do outro lado. Ele e os amigos tinham conseguido roubar um saco inteiro de laranjas de um caminhão de entrega que ficou sem vigia. Estavam abrindo o saco com um canivete e tinham começado a distribuir o espólio. Cachorro percebeu que Samuel os observava, assobiou e disse:

— Vem cá.

Samuel não se mexeu.

— Vem cá. A gente quer falar com você.

Samuel atravessou a rua e parou diante dos meninos, em silêncio.

— Você já experimentou uma dessas? — perguntou Cachorro, estendendo uma laranja.

Samuel sacudiu a cabeça em negativa.

— Então hoje você está com sorte, porque vou te dar uma. Olha só, tira a casca assim. — Ele deu uma mordida e puxou um pedaço com os dentes antes de descascar com os dedos. — Dá uma para ele, Laps.

Um menino com o rosto e as mãos pingando de suco jogou uma para Samuel pegar. Mas Samuel não o fez e a fruta saiu rolando pela calçada até cair na sarjeta. O menino deu uma risada de zombaria quando Samuel se virou para pegar a fruta e voltou a atravessar a rua até a irmã.

Primeiro, ele levou ao nariz. O cheiro era pungente. Deixou a irmã cheirar e então disse a ela para passar para Mamãe Triste. Ela cheirou durante um longo tempo antes de devolver.

— O que é? — perguntou ela.

— Chama laranja. Foi o que ele disse.

— Ele quem?

— Um daqueles meninos de rua.

— Ah, bom, então pode ter certeza de que não é verdade. Esses meninos não sabem nada. Nunca foram à escola.

— Você foi à escola?

— Eu, não. Não tinha escola quando eu era pequena.

Mary Martha puxou o braço dele.

— Vamos comer?

Ele mordeu a polpa como tinha visto Cachorro fazer. Era amarga, horrível. Voltou a olhar para os meninos para ver se estavam observando e dando risada dele, mas estavam todos deitados de barriga para cima com cascas de laranja ao redor. Samuel começou a descascar devagar, o bagaço espirrava gotículas de suco na mão dele. Dentro, havia gomos. Ele dividiu em três partes, colocando primeiro uma em cada boca que esperava. Era agridoce. Um banquete. Agridoce e molhado. Desejou ter coragem para pedir mais.

Alguns dias depois, Cachorro voltou a chamar Samuel.

— Vem aqui, menino. A gente quer falar com você.

Antes de atravessar a rua, Samuel disse para Mary Martha esperar onde estava.

— Nós vamos ao cinema na rua Albert Street. Quer vir com a gente?

— Não tenho dinheiro, não posso.

— E você acha que a gente tem? — Cachorro deu uma risada. — A gente entra escondido.

— E a minha irmã?

— Ela é pequena demais. Deixa ela com a Mamãe Triste. Uma senhora velha com uma menininha vai ganhar mais dinheiro do que uma senhora sozinha.

O filme era uma história de gângster dos Estados Unidos. Apesar de ser em preto e branco, era como se as páginas do livro que ele andava observando ganhassem vida, magníficas e surpreendentes. Depois, Samuel imitou os sotaques, lembrou-se dos diálogos, repetiu algumas cenas para os meninos. No parque público, ele roubou o chapéu de um homem que dormia em um banco, andou gingando, observou por baixo da aba. Fingiu ter uma arma no bolso, atirando com o dedo na direção de cada menino como se eles fossem seus inimigos. Recebeu o apelido de Americano e era chamado para repetir a performance para outros meninos que não tinham estado com eles.

A vadiagem se tornou um hábito. Ele abandonou a irmã para pedir esmola sozinha, subornando-a com doces roubados para não contar aos pais que ele a tinha deixado sozinha o dia inteiro para que ele pudesse brincar de roubar e ser rico com outros meninos sem lar.

Na cidade, os dias já começavam sujos. Calor intenso, um céu turvo, trânsito que nunca desacelerava nem diminuía.

Os pais de Samuel percorriam as ruas em busca de trabalho ou bicos que raramente apareciam. Às vezes, pediam esmola na frente de supermercados ou no meio da confusão do bazar. Nos piores períodos, o pai dele ficava na porta da igreja, com a mão estendida em um gesto de súplica, humilhado. Ele balançava a cabeça para cima e para baixo quando desconhecidos davam moedas, depois as apertava com firmeza no punho fechado para que não fizessem barulho quando ele entrava no prédio para rezar.

Houve um dia em que ele saiu da igreja sem nada, e não pôde dar meia-volta como devia, não conseguiu tomar o caminho de casa. Então saiu andando sem rumo sob o céu cinzento em meio ao poente daquele dia, e um grupo de homens na frente de uma casa do outro lado da rua chamou sua atenção. Havia pelo menos quarenta homens, conversando em tom baixo, com gestos enérgicos. O pai de Samuel se juntou a eles quando começaram a entrar na casa, atravessou um pequeno corredor e foi dar no salão. Marcas do tempo nas paredes e no chão mostravam de onde a mobília tinha sido retirada havia pouco tempo para abrir espaço. O chão já estava cheio de homens sentados, os joelhos contra o peito. Ele se sentou ao lado de um homem com uniforme de criado. Na frente dele havia um sujeito de terno, outro com roupa de açougueiro, cheiro de sabonete e gordura emanando dele.

Depois, ele passou a falar com frequência daquela primeira reunião. Era um homem calado, mas, nos anos que lhe restaram, ele descrevia aquilo com regularidade como se fosse algo milagroso, como se fosse algum tipo de regeneração.

— Eu não sabia o que era aquilo — começava ele. — Naquela primeira vez na casa, eu não sabia. Não entendia o que estavam dizendo. Eu ouvia as palavras, mas como podiam ter significado para mim, naquelas condições? Porém, fiquei e escutei. Eles falavam e, quanto mais falavam… Ah, é difícil descrever. — Ele apontava para o pescoço, para as mãos. — Eu sabia que eles tinham razão, que o que estavam dizendo fazia sentido. Eu sabia. Simples assim.

Na tarde seguinte, ele voltou. A porta da frente estava fechada. Ele bateu e ouviu quando alguém suspirou, e então o suspiro se transformou em passos que se aproximavam pelo chão de madeira. A porta foi aberta por um rapaz. Ele usava óculos redondos e os empurrou para cima do nariz ao dizer:

— Posso ajudar?

O pai de Samuel olhou para além dele, para o salão. A mobília estava de volta. Dois bancos de madeira com almofadas. Quatro cadeiras, várias banquetas. Um armário.

— Não tem reunião hoje? — perguntou ele.

— Não. Hoje, não. Só nas noites de quarta e sábado.

Outro homem, mais velho, entrou no salão da frente por uma outra porta. Ele estava lendo um livro, com a cabeça baixa. O pai de Samuel o reconheceu como o líder da reunião.

— Posso ajudar em mais alguma coisa? — perguntou o rapaz.

Ao som da voz dele, o homem mais velho ergueu o olhar do livro e viu o pai de Samuel. Ele sorriu.

— Precisa de algo?

— Ele queria saber sobre as reuniões — explicou o rapaz.

— Eu estive aqui ontem.

— E achou que podia haver outra hoje?

— Achei.

— Não há motivo para não haver. Você e eu podemos fazer nossa própria reunião. Entre, por favor. Aceita um café? Estou interessado em ouvir suas ideias.

O pai de Samuel hesitou, mas então o homem fez algo inesperado. Colocou o livro de lado, com as páginas voltadas para baixo, dentro do armário.

— Assim, sem mais nem menos — dizia o pai, repetindo o gesto sempre que contava a história. — Ele deixou o livro de lado por mim, percebe? Assim, sem mais nem menos, como se não fizesse a menor diferença se ele estava ocupado ou não. Foi como se ele acreditasse que eu fosse mais importante.

Ao longo dos anos, ele sempre retornava à primeira visita e à segunda, narrando em detalhes cada momento até o livro ser colocado de lado e ele entrar na casa. Mas, da conversa que se seguiu, ou do que pode ter acontecido naquela visita, o pai de Samuel nunca falava.

A reunião do sábado seguinte substituiu a oração e a mendicância. Ele quase não falava de outro assunto. No entanto, quando chegava a hora de sair, o pai de Samuel se demorava na casa de um cômodo só da família. Ele alisava as roupas, reclamava para a esposa de manchas de gordura invisíveis. Levava a mão à testa dizendo que não tinha dormido bem por causa dos bêbados de sexta-feira à noite na rua. Quando a filha lhe trouxe a xícara de café que ele tinha pedido, empurrou para longe.

— Não está vendo que eu estou de saída? Não tenho tempo para beber isso agora.

Mas a verdade é que ele não saiu. Ficou parado na frente do fragmento de espelho que ficava pendurado na parede entre dois pregos e olhou para o reflexo, virando o rosto de lado, para cima e para baixo. Não gostou do que viu. Seu rosto era sem graça. Experimentou algumas expressões: sobrancelhas erguidas, testa franzida, lábios apertados.

Samuel estava em casa. Tinha então dezesseis anos e estava com uma ressaca que o tinha mantido dentro de casa o dia todo, recusando comida. Mas, ainda assim, ele disse:

— Quer que eu vá com você?

— Olhe só esse garoto, esperando até que eu esteja com um pé para fora de casa antes de resolver me acompanhar.

Não posso esperar por você, Samuel. Estou saindo neste instante; então, se quiser vir, tem que vir agora. Não quero me atrasar. — Mas ele esperou enquanto Samuel se vestia e lavava o rosto.

No fim das contas, chegaram na hora. O pai tinha caminhado todo o trajeto em uma velocidade que havia deixado Samuel arfando na sarjeta quando enfim chegaram, um fio de suor frio escorrendo pela nuca. Ele seguiu o pai para dentro do salão lotado de gente, o ar ali dentro carregado. Os dois se apoiaram em uma parede, cumprimentando com acenos de cabeça as pessoas ao redor. A parede tinha cheiro de cabelo ensebado. Samuel virou o pescoço um pouco, então fechou os olhos, desejando que a dor latejante em sua cabeça fosse embora. Ele não prestou atenção quando começaram a falar, apesar de ter reparado quando o salão ficou em silêncio, quando o pai respirou fundo. Mas então a explosão de palavras estava bem na cara dele, e murmúrios vinham de todos os lados.

— Está acontecendo em outros países — dizia alguém. — Por que não podemos ter a nossa independência também?

Samuel revirou os olhos. Ele já tinha ouvido tudo aquilo antes em conversas sussurradas em pontos de ônibus ou entre feirantes e clientes. E uma vez, no parque, quando estava sem fazer nada em um banco, ele escutou dois homens que passavam. Um deles se apoiava em uma bengala.

— Eu não passava de um integrante do meu próprio clã — disse ele. — Então chegou 1934 e nos disseram que somos todos... a região toda, compreende... que somos todos do mesmo clã, recebemos o mesmo nome. Eu não tenho nada contra os outros clãs, compreende? São pessoas legais, gente boa. Não odiamos uns aos outros, mas eles não são o meu clã. São de áreas diferentes. Então o mapa diz quem nós somos e onde estamos, mas ninguém nunca nos perguntou se estava certo.

— Você viu o mapa? — perguntou o outro homem.

— Ah, vi, sim. Uma pessoa me mostrou. Eram só palavras e linhas. Nada que se pudesse usar para achar o caminho para lugar nenhum.

Ao lado de Samuel, o pai tremia e tinha avançado um pouco, de modo que uma abertura se formou entre ele e a parede. Escutava com atenção, os pés e as mãos marcando o ritmo, os lábios se movendo na repetição de uma única palavra. Samuel voltou a fechar os olhos e cochilou ali mesmo.

Um tempo depois, acordou. Esfregou o pescoço dolorido com um movimento contido, observando quando um homem com barbicha triangular começou a falar.

— Na escola, e nas igrejas, os missionários nos ensinam que os humildes herdarão a terra. Temos sido humildes, todos nós, e o que a nossa humildade nos trouxe? Perdemos nossas terras e a nós mesmos. Com a humildade, aceitamos o Ocidente, assumimos todos os valores e ideais de lá. Tanto que agora passamos a ter vergonha do nosso próprio povo. É isso que os humildes herdaram: vergonha!

A palavra não tinha muito significado para Samuel. O que ele tinha para se envergonhar? Ele era o Americano. Ele podia roubar ou pechinchar qualquer coisa que sua família precisasse. Ele tinha amigos, admiradores, mulheres quando as desejava. Estava tudo bem. Talvez desejasse que os pais tivessem se adaptado melhor à vida na cidade, deixado de usar as roupas e os modos que o deixavam envergonhado. Será que isso era vergonha?

Mas depois de ter vindo para cá, para a ilha, com os vídeos e as revistas de caridade, ele tinha começado a compreender o discurso do homem. Ele via vergonha nos homens e mulheres das capas, nas narrativas banais e nas roupas cintilantes dos filmes. Será que era disso que seu pai tinha medo quando se juntou ao Movimento pela Independência? Será que era dessa folha em branco que tinham falado quando finalmente o Movimento teve sucesso e os colonizadores foram embora?

Mutilado, o pai dele tinha se deleitado com a vitória. Apesar de os colonizadores não terem deixado nada e terem destruído tudo que não pudesse ser carregado (mesas, cadeiras, lâmpadas, medicamentos, telefones), o pai de Samuel não havia enxergado a destruição como um ato de mesquinharia nem de violência. Sua cabeça grande e seu corpo emaciado balançavam em uma cadeira que Samuel carregava até a rua, onde ele apertava a mão de quem passava e dizia:

— Este é um novo começo. Vai acontecer agora.

Lá no alto, aviões sobrevoaram durante dias, com passageiros que fugiam da independência do país. Na capital, o presidente eleito já tinha mandado erguer uma estátua e uma fonte, traçando a planta de sua nova residência. Enquanto isso, lá embaixo, nos destroços, o povo lutava para sobreviver como sempre havia feito.

O SEGUNDO DIA

O corpo dele estava rígido quando acordou e, por isso, teve dificuldade para sair da cama. Os braços, os pulsos e os ombros doíam; as costas pareciam de concreto, as coxas, duras feito pedra. Por duas vezes, não foi capaz de se erguer pela beirada da cama baixa. Quando finalmente ficou em pé, aquilo tinha lhe custado tanta energia que não sobrou nenhuma para erguer a cabeça. Simplesmente ficou ali parado por um minuto, olhando para os pés. Suas unhas eram grossas e escuras. Algumas haviam ficado compridas e sem ter como cortar.

Em noites mais quentes, Samuel podia andar descalço pelo casebre, sentava-se no sofá com a perna posicionada de tal modo que pudesse alcançar o pé. Cutucava as unhas até que se partissem um pouquinho e ele pudesse puxar para arrancar. Era comum a pele sangrar nos lugares onde ele arrancava rente demais. Os dedos dos pés ficavam infectados na medida em que as unhas encravavam, inchavam de pus. Nesses dias, ele mancava, lembrando do machucado a cada pressão da bota.

Nessa manhã, estava com três unhas encravadas. Os dois dedões e o dedo do meio no pé direito. Precisaria fazer uma salmoura nos pés. Água morna era melhor, mas ficou cansado só de pensar nos preparativos: encher o bule, acender um fósforo e ir até o fogão, buscar a bacia. Com aquele homem observando tudo. Não, seria demais. Em vez disso, ele caminharia até a praia, colocaria os pés na água gelada e ficaria ali parado até o frio entorpecer a dor. Só que até isso parecia trabalho de mais. Tirar os sapatos e as meias, dobrar a barra da calça. Depois fazer tudo ao contrário, sem uma cadeira para facilitar.

Ele tirou as peças de moletom desemparelhadas que usava para dormir e foi se arrastando até o guarda-roupa; apalpou para encontrar as roupas na penumbra. Primeiro, colocou uma camiseta e um suéter. Cueca, calça e meias, ele carregou até a cama e vestiu sentado. Era difícil para ele, com os dedos grossos e desajeitados. Quando puxou a última meia até a canela, permitiu-se deslizar mais uma vez para dentro dos lençóis ainda quentes. A bochecha tocou neles e Samuel suspirou, caiu no sono imediatamente, os pés um pouco erguidos acima do chão.

Quando ele tornou a acordar, o dia ainda era só uma promessa cinzenta à janela. Do lado de fora, ele escutava a agitação das galinhas. Precisavam ser alimentadas. Samuel se levantou com menos dificuldade do que antes, apesar de continuar travado e dolorido. Fazia anos que não sentia tanta dor assim. Talvez desde o trajeto na traseira do caminhão da prisão. Uns cinquenta deles tinham sido transportados da detenção no centro da cidade, onde tinham passado uma semana, para as instalações da nova prisão de segurança máxima, no lugar onde na época ainda eram os confins da cidade.

Chegaram com suas roupas rasgadas, suas manchas de sangue, hematomas e olhos inchados. Fediam a suor, com uma semana de xixi e cocô. O cheiro de podridão pairava sobre eles. Feridas supuravam e gengivas estavam em carne viva, estilhaços nos lugares onde antes havia dentes. Aquela viagem interminável e o sopro fedorento de bafo que subia e descia no sacolejo de corpos pela estrada irregular.

A prisão nova era ampla. Tão ampla que tinha recebido o apelido de Palácio, apesar de ser pouco mais do que apenas uma fundação. As pessoas imaginavam o tamanho que viria a ter, os diversos corredores e salas a perder de vista que compreenderia. Mas, logo, muros altos e portões de aço foram erguidos. Ninguém se aproximava dos muros, nem pensava em subir neles, olhar pelo topo e ver o progresso que era feito. Isso teria sido uma tolice. Sabia-se, sem a necessidade de falar nada, que a prisão estava sendo construída por ordem do Ditador. Seu desejo era encarcerar opositores, inimigos, qualquer um que ele julgasse um incômodo.

Samuel fez todo o possível para atravessar a sala em silêncio. Seus joelhos estalavam a cada passo. O aposento tinha um cheiro estranho depois de uma noite inteira com a respiração de outra pessoa, do corpo de outra pessoa. O homem estava no sofá, tão encolhido quanto possível. A respiração dele era profunda, regular.

Quando chegou à entrada, Samuel abafou um gemido ao se abaixar para pegar os sapatos. Normalmente, ele amarraria os cadarços sentado no sofá, mas, no momento, isso não era possível. Ele abriu a porta da frente, sentiu o frio da manhã no rosto, depois os primeiros cheiros de folhagem, sal e umidade; então caminhou com os pés calçados com meias pela terra granulada até os degraus que levavam à porta do farol. Havia três, e ele se sentou no do meio; esfregou a sola de cada meia com a mão pesada. Amarrou os cadarços e começou a se dirigir ao pátio, os passos abafados pelas ondas cinzentas que quebravam na praia.

As galinhas o receberam com a algazarra de sempre. Ele foi até o caixote de ração e espalhou os grãos para elas, tomando cuidado para dar um pouco à galinha velha que ainda estava em sua gaiola improvisada. Ela cacarejou triste quando Samuel a acariciou e disse palavras gentis para reconfortá-la. Depois, deixou que ela saísse, observou quando ela foi até um arbusto e se acomodou debaixo dele, sem disposição para avançar mais.

Samuel seguiu o restante do bando até o lugar onde estavam destruindo a horta. Ele não colheria nada agora. Esperaria até o homem ir embora, faria tudo a seu próprio tempo, prepararia um caprichado almoço, quem sabe seguido por uma soneca. Era o que ele queria. Dormir. Ficar sozinho e dormir.

Quando chegou ao fim da horta, debruçou-se na mureta de pedra, sentiu as pedras rasparem umas contra as outras com seu peso. Lá embaixo, o mar estava inquieto. Cones brancos espumavam e tremiam, a espuma se acumulava e ficava marrom ao tocar o solo da praia de seixos. Ali perto, o píer era uma linha escura. Sobre ele, uma andorinha se encolhia contra o vento. Em terra firme, um pedaço da mureta cinza-azulada que circundava a ilha tinha desabado em um ponto vulnerável. Algumas das pedras haviam rolado para baixo, estavam pretas com a água. O restante tinha desabado em uma pilha que se derramava da linha bem ajeitada. Samuel sacudiu a cabeça. Ele passaria o dia carregando pedras, quebrando outras para fechar a abertura. Não haveria soneca nenhuma.

Ele voltou para o casebre e pegou a marreta do lugar onde estava encostada, logo na entrada. Sentiu os braços latejarem com o peso da ferramenta, o ônus da idade sobre si. As lembranças também se faziam presentes, chegando rápido naquela manhã: coisas que era melhor esquecer se aproximavam sem parar, como ondas quebrando na praia.

Aquele primeiro dia no Palácio. A dificuldade de descer do caminhão enquanto os guardas gritavam, observando-os tropeçar e com os olhos ofuscados pela luz do sol forte no pátio da prisão. Árvores podadas se postavam em vasos de ambos os lados de uma porta. Um homem saiu, de uniforme bege, com uma boina militar na cabeça. Tinha marcas de suor embaixo dos braços, mais suor na testa e em cima do lábio.

— Meu Deus, sargento, mande alguém consertar o meu ventilador de teto. Está abafado aqui. — Então ele chamou os soldados encarregados dos prisioneiros e disse: — Que fiquem no pátio por enquanto. Alguém morreu no caminho?

Dois soldados conferiram a traseira do caminhão.

— Não, coronel.

O coronel abanou o rosto com um documento que segurava, disse mais uma vez que o ventilador precisava ser consertado e observou os prisioneiros serem conduzidos por um corredor largo sem janelas. Não tinha sido pintado, tão novo que dava para sentir os pedacinhos de cimento se soltando ao caminhar. Lâmpadas tremeluziam no teto, longas e fluorescentes, a cada um ou três segundos, ameaçando se apagar. No fim do corredor, atravessaram um portão com grades de aço, grandes como as de um calabouço antigo, e entraram em um pátio enorme.

Na extremidade oposta, pilhas de pedras cinzentas acumulavam-se em intervalos. Cada pilha foi alocada a um grupo de homens, que deveriam quebrá-las com marretas e transformá-las em cascalho, as pernas acorrentadas para que não pudessem fugir. Embora não estivesse evidente para onde iriam, já que estavam atrás de muros altos, com guardas armados por todos os lados um nível acima.

Ao entrar no pátio, Samuel tinha sentido os ouvidos se retraírem com o som do metal na pedra. Ainda assim, esticou o pescoço e tentou ver mais longe ao se inclinar para a frente na ponta dos pés. Até onde era capaz de enxergar, só havia homens no pátio. As mulheres deveriam estar em outro lugar. Ele não tinha certeza se Meria havia sido pega. Talvez tivesse escapado, talvez tivesse sido mandada para outro lugar. Ainda assim, ela havia sido obrigada a ficar com ele na sala de tortura, forçada a se sentar ao lado dele ouvindo as ameaças dos captores.

— Vamos matar a sua esposa — disseram.

— Ela não é minha esposa.

— A mãe do seu filho, a mulher que mora com você. Como se chama isso, então?

— Camarada.

O homem com o rosto marcado por cicatrizes deu um tapa nele.

— Camarada, mulher, puta. É tudo a mesma coisa.

Samuel deu de ombros e se endireitou na cadeira a que estava amarrado. Sentiu gosto de sangue. Só um pouquinho, mas o suficiente para ficar apavorado. Meria também estava com medo. Ele se lembrou então, naquele momento, quando tudo o mais parecia ter se desfeito dele, do som da risada dela. Uma risadinha em uma das primeiras vezes que haviam se falado. Na época, Samuel ainda tinha os Rs exagerados, as vogais compridas de alguém que tentava parecer americano.

— Escute a si mesmo — tinha dito ela. — Você é uma criança. Por que quer soar assim? — Então Meria havia se virado, lhe dado as costas, com o cabelo tão curto na nuca que ele pôde ver o couro cabeludo dela.

E então em outra situação, meses mais tarde, quando tinham ido para a cama pela primeira vez. Ela deu tapinhas no ombro dele.

— Pode sair de cima agora — disse, acendendo um cigarro e soltando a fumaça. — Ah, menininho, você trepa feito virgem.

Foi isso que a captura lhe tinha trazido. Não veio com a noção de honra que lhe disseram que viria, não veio com orgulho. Trouxe apenas lembranças de humilhações e uma sensação de que aquilo continuaria, como tinha continuado. Que todo o passado e todo o futuro estavam ali naquele assento encharcado de mijo, do qual ele era incapaz de fugir.

Quando voltaram a se aproximar e fizeram menção de bater, Samuel gritou, relatou a eles o que queriam saber, deu-lhes nomes e lugares, inventando quando não tinha resposta.

O homem com cicatrizes deu um sorriso torto.

— Isto aqui é um homem? O Ditador vai dar risada quando souber que esta coisa tem a intenção de ser inimiga dele.

Samuel fungou, enxugou a parte de cima dos lábios com a manga. A manhã tinha esfriado mais com o vento gelado que vinha do sul. Fechou os olhos para se proteger. A sensação de exaustão ao despertar ainda estava com ele; a marreta era pesada em seus braços. Ele deixou a ferramenta cair devagar, sentiu o esmagamento quando a cabeça de metal pousou na areia. Por um momento, ficou surpreso. Abriu os olhos, olhou para baixo e remexeu a areia solta com o pé. No pátio da prisão, a terra tinha sido bem batida pela mão de obra. Fazia as marretas ricochetearem um pouco quando batiam nela, enviava tremores que subiam pelos braços dos prisioneiros. Ali, Samuel agarrava o cabo como se pudesse encontrar novamente aquelas vibrações distantes. Mas, não, a madeira estava imóvel. Era só o peso do corpo dele lembrando.

A exaustão crescia como algo que ganhava vida. Uma coisa que se arrastava pelo corpo para dominá-lo. Ele sentia nos olhos, quase enxergava. Uma sombra, algo escuro no canto de sua visão. Ele pisou, virou, tentou pegar. O cabo escorregou de suas mãos e caiu no chão. Samuel cambaleou, então ergueu os olhos. Ele tinha encontrado, tinha capturado a sombra. Ela escureceu a porta do casebre, moveu-se, avançou. Samuel piscou de novo. Era o homem vindo na direção dele.

O homem sorriu ao ver Samuel, erguendo a mão de maneira desnecessariamente alta para acenar. Samuel retribuiu o gesto, o dele baixo, na altura da barriga. Murmurou "bom dia", embora o outro não pudesse escutá-lo daquela distância.

Quando alcançou Samuel, o homem voltou a sorrir, apontou para a marreta e fez mímica do gesto de usá-la. Então enxugou suor invisível da testa, arfou muito, parecendo sugerir que aquele era um trabalho duro.

— É — respondeu Samuel, enxugando a própria testa para concordar.

O homem observou a manhã. Depois, tão exageradamente quanto antes, ergueu os ombros, inspirou fundo e expirou todo contente. Ele fez um gesto para a vista e sinalizou com a mão algo que parecia significar "bom" ou "bonito".

Durante um minuto, o homem ficou parado em silêncio. Samuel pigarreou, encostou o dedão de um pé na cabeça da marreta. O homem olhou ao redor e então abraçou a si mesmo, vibrou os lábios, fez o corpo tremer.

— Tem casacos na entrada — disse Samuel. — Pegue algum que sirva. — O homem ficou olhando para ele. — Suponho que eu precise mostrar a você.

Samuel deu um passo atrás, na direção do casebre. Mas o homem o impediu de avançar. Colocou a mão no peito de Samuel. Ele sentiu seu batimento cardíaco acelerar. O desconhecido estava muito perto; dava para sentir seu bafo, ver as rachaduras nos lábios secos, os poros largos que salpicavam o nariz dele. O homem o segurou no lugar onde estava e falou.

— Não sei o que você quer — disse Samuel. — O que está dizendo? O que você quer?

O homem deu uma risada, mostrando os dentes grandes e brancos. Tirou a mão do peito de Samuel, usou para apontar para o seu próprio, então bateu no coração com a mão espalmada enquanto proferia uma palavra. Ele repetiu duas vezes, devagar, cada vez batendo no peito. Tomou cuidado para enunciar os sons, guturais, desconhecidos, de modo que o jeito exagerado dele se transformou em uma performance, alguém grunhindo para divertir uma criança.

Samuel expirou. Ele entendeu. Era um nome. O nome do homem. Ele tentou reproduzir.

— Nnn... — disse.

O homem fez o primeiro som mais uma vez.

— Nnnngh?

O homem repetiu a palavra, fazendo sinal com a cabeça para Samuel continuar.

— Ngsch...

Mas Samuel não conseguia adaptar sua boca ao som. Ele sacudiu a cabeça, abanou a mão no ar como se para limpá-lo do som que tinha soltado.

O homem ergueu o dedo, abaixou-se para escrever na areia.

— Não vai ajudar — disse Samuel. — Não sei ler. Eu sabia, antes, só um pouco. Mas agora já faz muito tempo. Não me lembro mais. — Então ele apontou para si mesmo e disse seu nome, e o homem sorriu.

— Sang-wul — disse ele. — Sang-wul.

Samuel assentiu. O homem agarrou seu ombro e sorriu mais uma vez.

— Sang-wul.

Então ouviram o som de um motor. Olharam na direção do mar e avistaram o barco de suprimentos a distância, aproximando-se lentamente, vindo do continente.

O homem apertou o ombro de Samuel com mais força.

— Não, não tenha medo. Eles vão salvar você. Vão cuidar de você. Vão levar você para um lugar seguro e lhe dar comida e roupas adequadas. Você não pode ficar aqui.

— Sang-wul — disse o homem.

Sua voz era baixa. Ele sacudiu a cabeça. Estava morrendo de medo, com os olhos revirados. Uniu as mãos, ajoelhou-se. Ergueu o olhar para Samuel.

— Auda — disse ele. — Auda, auda, auda.

Nem Samuel podia negar que o homem tinha dito "ajuda". Ele havia ouvido aquela palavra em algum lugar e naquele momento se voltava a ela, em desespero. Na súplica do homem, em seu uso suplicante da palavra, Samuel reconheceu seu próprio medo; o medo que tinha carregado consigo durante tantos anos. Na prisão, e antes, e ainda mais tarde, depois, quando foi solto. O medo de que fosse morrer.

— Então, vem agora. Vem, vem comigo, anda logo.

Ele conduziu o homem pelos três degraus de pedra do farol, abriu a porta pesada e o empurrou para o interior frio e mal iluminado. Apontou para a escada:

— Sobe, sobe!

O homem tropeçou no primeiro degrau, avançou de quatro. Samuel fechou a porta, virou a chave na fechadura. A chave resistiu, raspou dura quando ele forçou. A ferrugem manchou seus dedos. Sentiu a boca seca. Ele piscou para fazer a sombra retornar ao canto de seus olhos e caminhou na direção do cais.

O barco já tinha atracado quando Samuel chegou. Winston, o mais novo da tripulação de dois homens, estava amarrando a embarcação. Usava a camisa de poliéster do time para que torcia e exibia tatuagens em ambos os bíceps, mostrando nomes e datas de nascimento dos quatro filhos. Ele trabalhava no barco de suprimentos desde que John havia se aposentado, dois anos antes. Chimelu ainda o considerava inepto, um novato, apesar de ser seu próprio filho.

Winston sorriu para Samuel, sacudindo a cabeça ao ritmo da música que tocava em seus fones de ouvido. Chimelu acenou e gritou:

— Como estão as coisas? A sua mureta desabou ali, sabia? — Ele apontou na direção do desabamento. — Você viu? Parece que vai dar alguns dias de trabalho.

— Deve ter acontecido à noite — disse Samuel.

— Você devia ter usado cimento. Eu falo isso há anos, precisa de cimento. Talvez ainda tenha sobrado meio saco da ampliação do ano passado. Vou dar uma olhada e trago da próxima vez. Só para você experimentar, ver se prefere.

Winston tinha ido ao compartimento embaixo do deque para começar a descarregar os suprimentos. Samuel e Chimelu podiam ouvi-lo cantando, as palavras embaralhadas, desafinado.

— Escute só esta bobajada. O menino acha que vai ser um astro do pop. Tem um ou outro concurso qualquer na cidade, e ele acha que vai ganhar. — Ele sacudiu a cabeça. — Me diga, desde quando passou a ser vergonha ter um bom emprego honesto? — gritou ele lá para baixo. — Não é todo mundo que pode ser rico e famoso! Alguns de nós têm que fazer a porra do trabalho!

Samuel desviou da gritaria, olhou para a água, para as nuvens longas cor-de-rosa e para o sol que se erguia devagar.

— Isso é outra coisa, o clima — disse Chimelu, seguindo o olhar de Samuel. — Parece normal para mim nesta época do ano, não parece?

— É, eu diria que sim.

— Bom, o Keb, lá no porto, disse que os peixes não estão vindo como deveriam. Disse que não dá para confiar nas marés. Ou será que ele disse que não dá para prever? Não lembro. Mas o que ele disse, e eu lembro com muita clareza, foi que pegou um tubarão na rede dele, meio morto de fome, provavelmente não comia fazia um tempão, ele disse. Quando foi que isso aconteceu antes? Não sei dizer. Acho que nunca aconteceu. O tempo está ruim. Dizem que esta é a pior estação de pesca desde quando se tem registro.

— Dizem isso todo ano, pai — afirmou Winston, surgindo com uma caixa no ombro. — Diziam isso quando eu era pequeno, e continuam dizendo.

— Por acaso alguém perguntou a sua opinião? Por que não está descarregando? Leva logo tudo e para de matraquear. — Chimelu revirou os olhos para Samuel. — Esses jovens... Não têm respeito nenhum. E a gente tem que ficar de olho neles o dia inteiro. Mas ele é um bom menino, do jeito dele. Me dá uns dez anos para mostrar como são as coisas e pode ser que ele acabe bem. — Ele desceu para o cais e se aproximou para apertar a mão de Samuel. — Você está bem? Parece cansado.

— Estou bem, sim. E você?

Chimelu tirou o chapéu e enfiou no bolso de trás.

— Do que eu posso reclamar? De nada. Estamos todos bem de saúde, graças a Deus. A Eshe... a segunda mais velha de Winston, está lembrado? Você viu uma foto dela naquela vez. Ela vai se apresentar em uma peça do jardim de infância neste fim de semana. Uma frase a dizer, só isso. Uma frase, e faz duas semanas que a Edith está costurando a fantasia dela, dia e noite. Um milhão de lantejoulas e fitas e coisinhas brilhantes. E, quando ela não está costurando, está fora vendendo entradas para todas as senhoras da igreja irem assistir. A Eshe anda de um lado para o outro o dia inteiro usando uma escova de cabelo de microfone, ensaiando a frase dela. Eu não entendo porra nenhuma do que ela diz. Mas ela é bem fofa, de todo jeito, apesar de ser eu quem estou dizendo. Winston! Cadê as caixas?

— Bem na sua frente, pai. Estou trazendo as últimas.

Chimelu apontou para as caixas como se ele mesmo as tivesse colocado ali.

— Então, Sam, é o mesmo de sempre, mas trouxe uma marca nova de sabão em pó. A Edith jura que é ótima e estava em oferta. Se não gostar, é só me falar, ok? E trouxemos aquele esterco que você pediu. E, puta que pariu, fez o lugar todo feder, vou te contar. Fico feliz de me livrar dele.

Ele pegou uma das caixas de papelão e disse:

— Esta aqui é da Edith, coisas da loja, sabe como é. Não, pode deixar que eu carrego. Não se preocupe. Winston! Está tudo aqui?

— Está, pai.

— Então vai correndo lá no casebre, bota água para ferver e prepara o chá. Pode levar tudo isso para lá quando estiver pronto.

A vontade de Samuel era se postar na frente de Winston e dizer: "Não, hoje não podem fazer visita. Vão embora, pelo amor de Deus, me deixem em paz." Mas ele cerrou o maxilar e enfiou a mão no bolso, onde a chave do farol esquentava em seu punho fechado. Ele caminhou devagar ao lado de Chimelu, as pernas sofrendo ao se mover.

— Está sabendo da confusão no parlamento? — perguntou Chimelu. — Não, suponho que não tenha como saber, não é mesmo? Está um caos, vou dizer. Um caos absoluto. Escândalos de corrupção por todos os lados, fraude, partidos de oposição protestando na câmara. Isso só nas últimas duas semanas, sabe? No fim, tiveram que mandar o exército e foi uma confusão da porra. Quer dizer, para alguém como você, Sam, deve ser a morte saber disso. Todos aqueles anos que você passou na cadeia por contestar o Ditador e agora estamos aqui mais uma vez, recorrendo aos militares. E sinto muito em dizer isso a você, mas, para ser sincero, muita gente ali, no continente, sente saudade daquele tempo. Lógico, estamos com medo, isso nem precisa ser dito. Mas o negócio é que pelo menos existia ordem, não tinha tanto crime. Agora é uma bagunça só.

Ele fez uma pausa quando chegaram ao alto e levou a mão ao peito.

— Essa subida me pega toda vez. Sinto o coração batendo na porra dos ouvidos. Não sei como você consegue, Sam, realmente não sei.

Depois de alguns momentos, ele fez um gesto frouxo com o braço, mostrando que estava pronto para continuar. Expirou pesado, pigarreou e recomeçou a falar:

— Como eu disse, está a maior confusão lá no continente. Nem vou começar a falar das estradas. Parecem um buraco gigante. Lembra como eram boas? Tinham que ser, com todos aqueles desfiles militares e carreatas de Rolls Royce, né? Mas esse presidente simplesmente vai de avião a qualquer lugar. Que diferença faz para ele se as estradas estão uma merda?

Àquela altura, eles tinham chegado ao casebre e Samuel passou na frente de Chimelu para entrar antes dele. Pegou o cobertor do sofá e jogou em cima de um dos apoios de braço, enquanto Chimelu foi até a cozinha e colocou a caixa na mesa. Samuel achou que ele repararia na panela e no prato, no garfo e na colher, e nas duas canecas no escorredor de louça. Achou que ele diria: "Você deu uma festa?". Mas Winston já tinha tirado as canecas, e, se Chimelu reparou no resto, não achou nada de mais. Ele voltou para a sala, sentou-se no sofá com um suspiro.

— Sabe do que você precisa, Sam? De um apoio para os pés. Nada como um banquinho para descansar os pés.

— Talvez eu possa fazer um. Tenho um pouco de madeira.

— Não precisa de muito. Um pouco de madeira e uma almofada. Winston! Olha dentro daquela caixa que eu coloquei ali. A sua mãe mandou biscoitos. Não são caseiros, sinto muito. Ela está enfiada até o pescoço nas lantejoulas, a semana inteira, costurando aquela porra de fantasia.

Winston chegou carregando três xícaras, ficou com a de plástico cor de laranja. Passou o pacote de biscoitos para os outros dois. Chimelu deu uma mordida, fez uma careta, então leu o rótulo.

— "Sabor de ponche tropical. O Sabor do Havaí." Mas que caralho, quem inventa essas merdas? — Mas pegou outro e ficou segurando enquanto mastigava o primeiro. — Aqui na ilha é muito agradável — disse ele, se recostando. — Você tem tudo. É bom também, sabe como é, estar tão longe do continente. Andam falando em revolução, talvez mais um golpe.

Samuel engoliu as migalhas na boca com um gole de chá. Estava doce demais. Winston sempre errava a mão no açúcar.

— Andam falando de revolução faz muito tempo. Não acontece nada, nunca.

— Eu sei, mas estão dizendo que desta vez é pra valer. Tem pichações, e ouvi dizer que há reuniões clandestinas. É como se fosse a década de sessenta outra vez. Mas você deve saber mais sobre isso do que eu.

— Acho que só nos resta esperar para ver o que acontece.

— É, não tem muito mais coisa que nós, os velhos, possamos fazer. — Chimelu pegou outro biscoito. — Ah, espera, antes que eu me esqueça, tem mais um barco de refugiados que afundou. Sabe como é, um daqueles ilegais. A poucos quilômetros daqui, perto do litoral. Quanto tempo faz? Dois dias?

— Três — disse Winston.

— Três. Três dias. Dizem que tinha corpo flutuando por tudo que era lado. Eu até disse para o Keb que os tubarões dele não vão mais passar fome. Ele morreu de rir! Riu tanto que começou a cuspir. Pronto, Winston, mostra para o Sam. Você salvou no celular, não salvou? Passou em todo o noticiário, sabe como é. Só se falava disso. Só desse barco que afundou.

Winston tirou o aparelho do bolso e se sentou no braço do sofá por cima do cobertor, ao lado de Samuel.

— Segura assim — disse ele, colocando as mãos de Samuel de ambos os lados do celular. — Agora, aperta o triângulo no meio. É, esse aí. É, na tela. Aperta.

Surgiram imagens de um amontoado de gente em um barco que quase nem se via tamanha aglomeração. Não deu para ver sequer quando começou a ceder embaixo delas. De repente só havia corpos. Gente desabando, caindo, batendo na água com as mãos abertas. A tela era pequena entre as mãos de Samuel. Não era capaz de mostrar todos os corpos. Ele ajeitou os dedos, como se estivesse abrindo espaço para as pessoas. O vídeo parou.

— O que eu fiz? — perguntou.

— Não se preocupe, vai continuar. Só fica com os dedos assim, pronto. Agora sim — disse Winston.

Mais uma vez surgiram as pessoas na água, afogando-se, espalhando-se. A cena era de um silêncio estranho, apesar do pânico que Samuel era capaz de enxergar. A distância, havia gritos, urros, mas bem baixinhos. As pessoas se afogavam na telinha. Um borrão de cabelo, castanho-claro e comprido, cobriu a tela, sumiu mais uma vez. A pessoa que filmava estava em silêncio. Não engoliu em seco, não gritou. O vídeo parou e Samuel ficou olhando fixo por um momento, esperando para ver se havia mais.

— É só isso. Acabou — disse Winston.

— Posso ver de novo?

— Lógico, aqui. Vou trazer as últimas coisas do barco.

Samuel aproximou mais a tela, tentando ver nela o rosto do homem na torre. Mas a tela era pequena demais, as pessoas, numerosas demais. Se o homem tinha estado no barco, Samuel não conseguia ver.

— Eles merecem, não é mesmo? — indagou Chimelu. — Qualquer pessoa burra o bastante para se enfiar em um barco podre desse e tentar entrar em outro país ilegalmente está pedindo para morrer.

Samuel entregou o celular.

— Por que me mostrou isso? Antes, ninguém se incomodava com os refugiados.

— Não, mas agora é meio que uma questão internacional. O governo quer todos os corpos. Ouvi dizer que tem recompensa, mas não acho que seja verdade. Mas, bem, estão procurando, e isso é o principal. Você encontrou algum?

— Corpo? Não, não encontrei corpo nenhum.

— Não se surpreenda se alguns aparecerem na praia. Fique de olhos abertos. Havia centenas de pessoas naquele barco, você viu.

Winston bateu na porta aberta do casebre.

— Deixei o esterco perto da horta, tudo bem, tio Sam?

— Tudo bem, obrigado.

— Acho que está na hora de irmos andando — disse Chimelu. — Cuide-se, Sam. Você parece cansado. Por que não tira um dia de folga? Conserte a mureta outro dia, que tal? Espere até eu trazer o cimento.

— Talvez.

— Muito bem. Não, não precisa nos acompanhar — disse ele quando Samuel fez menção de se levantar. — A gente sabe o caminho. Fique aqui e descanse um pouco. Até a próxima e cuide-se, certo?

Enquanto os dois desciam pela encosta, Samuel escutou o tom monótono da voz de Chimelu:

— É, meu filho, o velho Sam não tem mais muito tempo neste mundo. Viu como ele estava hoje? Estou falando, e me dói dizer, mas vamos ter que aceitar. Talvez esta seja a última vez que vemos o coitado do velho Sam vivo.

A chave não se mexia. Samuel não conseguia fazer com que virasse de jeito nenhum. Precisou voltar até o casebre para pegar óleo na entrada. Derramou um pouco na chave. Quando voltou a tentar, os dedos escorregaram na superfície oleosa e ficaram manchados de laranja com a ferrugem. Ele tirou um trapo do bolso e apertou a chave, forçando-a a virar. O metal raspou, flocos de ferrugem se soltaram da fechadura. Ele empurrou com o ombro para abrir a porta, então limpou as mãos na parte de trás da calça; um pedacinho de pele tinha se soltado no indicador e arrastou no tecido do bolso. Samuel levou o dedo à boca, arrancou a pele, sentindo-a com a língua antes de cuspi-la fora.

— Pode descer agora — gritou escada acima. — Eles foram embora.

Ele ficou escutando com atenção, mas não veio nenhuma resposta, só o som do vento soprando através de uma vidraça quebrada. Ele gritou mais uma vez:

— Pode descer. Está tudo bem.

Mas, como o homem continuou sem aparecer, Samuel subiu a escada até o alto da torre.

Não havia nenhum lugar para se esconder ali. A luz do farol preenchia quase todo o aposento circular. O homem estava lá, meio agachado, atrás dos prismas de vidro. Eles distorciam a silhueta dele, refratando partes de seu braço, uma bochecha, um pedaço de camisa muitas e muitas vezes. Até Samuel dar a volta na luz e ficar frente a frente com o homem, ele tinha parecido recortado, algo estilhaçado e remontado sem cuidado.

— Eles foram embora — disse Samuel.

O homem, no entanto, permaneceu imóvel. Samuel caminhou até uma das vidraças que fechavam o aposento. Fez um sinal para o homem se aproximar e apontou para o barco, que retornava ao continente.

— Está vendo? Eles não estão mais aqui.

O homem franziu a testa, estendeu a mão para tocar na janela, mas, ao se sentir observado, recolheu a mão e enfiou no bolso. Pigarreou, enfiou o dedão do pé em uma rachadura do piso de concreto, foi até outra vidraça e olhou para fora. Então deu a volta no aposento, arrastando os pés no chão ao examinar a vista por cada vidraça até voltar a alcançar Samuel mais uma vez. O barco de suprimentos tinha enfim sumido de vista, provavelmente já estava até atracado do outro lado.

O homem apontou para Samuel, depois para o continente, fez um círculo com o dedo que parecia indicar a ilha, e proferiu algumas palavras. Era uma pergunta, a julgar pelo tom.

Samuel pensou por um momento, disse:

— Depende do que você está perguntando. Antes eu morava lá, é verdade. Mas se quer saber se eu volto, se algum dia vou voltar, então a resposta é não.

Ele não deu mais detalhes, não disse que uma vez quase tinha feito a viagem. Fazia muito tempo, três ou quatro anos depois de ter começado a trabalhar como supervisor do farol. Naquela época, o barco de suprimentos vinha uma vez por semana, com mais frequência se ele mandasse uma mensagem pelo rádio. A cada visita, John e Chimelu tentavam convencê-lo, insistiam que as coisas tinham mudado sob o novo governo, que o presidente era um homem bom, que a vida estava diferente, melhor.

Em certa ocasião, John disse:

— Não precisa ter medo. Metade dos militares estão presos agora. O restante está nas bases. Não é mais como antes. Somos um povo livre mais uma vez.

Chimelu, que ainda era jovem na época, engrossou o coro:

— Vamos, Sam. Você não pode continuar sozinho aqui o tempo todo desse jeito. Quando foi a última vez que esteve com uma mulher?

— Cala a boca — disse John.

Mas Chimelu insistia:

— O que foi? Isso não é saudável. Ficar parado assim pode até dar câncer ou sei lá.

— Não escuta o que ele diz, Sam. Ele é um idiota. Vamos até lá só por algumas horas. A gente dá uma volta no mercado, bebe uma cerveja. Relaxa um pouco e aproveita. Prometo que trago você de volta antes de o sol se pôr.

Samuel já não conseguia mais se lembrar por que tinha, no fim, concordado em ir. Só se lembrava de estar no barco, de que Chimelu jogou um colete salva-vidas mofado para cima dele e então, ao ver a dificuldade que estava tendo com aquilo, mostrou a ele como vestir. Pendurada no pescoço, ele carregava uma bolsinha de couro onde guardava o dinheiro que tinha. Fazia muito tempo que ele não a usava, e sentia a força de sua presença, o peso das moedas contra a dobra debaixo de suas costelas. A alça raspava em seu pescoço, o nó estava áspero com a neblina da manhã. Ele se reposicionou; girou os ombros, remexeu no colarinho do colete salva-vidas para se sentir menos preso.

Quando o motor ligou e o barco se moveu para trás, para longe do cais, Samuel cambaleou um pouco, sentindo que estava prestes a se estatelar no deque, mas agarrou-se ao caixote que era seu assento e recostou-se, com o colete salva-vidas no queixo, por cima das orelhas e alto na nuca. Imaginou que sentiria enjoo com o balanço do mar e várias vezes achou que tinha chegado: um ronco no estômago, um pouco mais de saliva na boca. Mas os sintomas não avançaram.

Ele juntou as mãos e olhou para o mar e o céu, cinzentos, refletindo um ao outro na neblina. A essa altura, o barco tinha dado meia-volta em um arco amplo e estava de frente para o continente, deixando um rastro de espuma branca. A terra firme não passava de uma sombra, algo longo e plano e distante, com uma única luz que tremeluzia a distância.

John chamou Chimelu para assumir o controle na casa do leme e foi se sentar ao lado de Samuel. Apontou para a névoa, mostrando dois contornos que, segundo ele, eram barcos de pesca.

— Deve ter mais, que não conseguimos ver agora. A pesca é boa nesta baía. Quando eu era garoto, minha mãe nos mandava para o porto, nós tirávamos a roupa, mergulhávamos na água e pegávamos peixes com as mãos. Sem vara nem rede, nada disso. Só as mãos nuas. Já tentou fazer isso?

— Não. Eu nunca pesquei.

— Nunca?

— Não. Eu não sei nadar.

— Isso não é motivo. Basta pegar uma vara e ir até as pedras lá na sua ilha. Não precisa nadar para isso.

— Quem sabe.

— Não tem nada de quem sabe. Peixe fresco, Sam... não existe nada melhor no mundo. É delicioso. Me dá fome só de pensar. — Ele fez uma pausa. — Além disso, é um bom jeito de passar o tempo, pescar um pouco, sabe como é. Você deve ficar entediado lá, sozinho, sem nada para fazer o dia inteiro, ninguém com quem conversar.

— Está tudo bem. Eu não me incomodo.

Ainda assim, ele imaginava como seria estar rodeado de pessoas mais uma vez. Os passos nas ruas, cumprimentos pela manhã, pechincha na feira, o burburinho dos bares, risadas no cinema. Conversas entreouvidas no parque. O som das crianças brincando. Mulheres parando para papear. Fumaça de cigarro e comida de rua. O barulho de pombos, de cachorros latindo. Cada uma dessas coisas foi ganhando vida enquanto ele estava sentado ali no barco. Pessoas e barulhos pressionando seu corpo. Uma enorme multidão se formando para esmagá-lo.

O colete salva-vidas estava apertado demais. Ele puxou, mas a peça continuou firme na nuca, alta no peito. Tinha um cheiro forte, de coisa que nunca era limpa, de algo envelhecendo e apodrecendo. Ele voltou o rosto para cima, mas o cheiro o perseguiu. Podridão no nariz, bolor na pele. A bolsinha de dinheiro junto ao corpo tinha se transformado em um pedaço de gelo. Ela queimava perto das costelas, a sensação de frio ia penetrando até enrijecer e congelar seus órgãos. Ele arfou, sugou o ar, olhou para John com os olhos lívidos de pânico.

Mas John tinha se afastado e estava parado à proa, com a mão protegendo os olhos: porque a névoa havia sumido de repente, desaparecido como se nunca tivesse existido e o sol era um brilho na água à frente deles.

Dava para enxergar o porto. As pessoas se moviam por sua extensão de concreto, cada movimento muito nítido. Vozes também chegavam até eles, sons que Samuel ultimamente só podia imaginar, e o pânico recaiu sobre ele com força, transformando uma tosse em cusparada.

Um barco que tinha acabado de chegar estava sendo descarregado. Homens transportavam caixas e mais caixas de pescado para o cais. Os peixes escorregavam e se retorciam, uma massa de corpos tentando respirar em terra firme, um por cima do outro. As mãos dos homens se enfiavam no meio deles, levavam facas às suas entranhas enquanto os peixes se contorciam. A água empoçada em volta ficou rosada com o sangue e as vísceras.

A multidão se apertava mais e mais em volta de Samuel. Respiravam na cara dele, falavam, mãos se estendiam em sua direção. Samuel falou em meio à confusão:

— Me leva de volta.

Depois mais alto, porque ninguém tinha escutado:

— Me leva de volta!

John se virou, tirou a mão da testa.

— Como assim, Sam? Acabamos de chegar, não dá para voltar ainda.

Samuel se levantou desajeitado, se agarrou à lateral da casa do leme, dando as costas ao continente. Mal conseguia respirar.

— Não. Me leva de volta. Quero voltar para casa.

Desceram a escada, Samuel seguia a curva da escadaria com o ombro. Seus movimentos eram vacilantes, como se, apesar dos anos que tinham se passado, ele nunca tivesse descido daquele barco; como se ainda estivesse a bordo, gritando que queria voltar para casa. Os degraus, cada um deles uma onda, se erguiam para vir ao seu encontro, ameaçando derrubá-lo.

O homem vinha logo atrás. O desconhecido fungava na nuca de Samuel, o que serviu para apressá-lo. Seu desejo era chegar ao casebre, trancar a porta, bloquear as janelas, deixar o homem do lado de fora e, com isso, fazê-lo desaparecer da ilha. Porque o homem tinha falado com ele lá no alto da torre: tinha falado, apontando para si mesmo, dizendo o seu nome enrolado antes de se apertar contra a janela e apontar para baixo, para o telhado do casebre. Então, havia se voltado para Samuel.

Samuel fingiu que não entendeu. Moveu-se pela sala do farol, assobiando alguma coisa sem melodia. O homem tentou ir atrás dele, mas Samuel não parou, a lente do farol sempre entre eles. Ele sabia o que o homem estava dizendo e não queria escutar mais uma vez: "Agora eu vou morar aqui." Samuel não tinha pensado no assunto, não tinha considerado o que aconteceria com o homem depois que o barco tivesse ido embora. Mas ele estava ali, na ilha, sem ter algum lugar para ir além de onde ele tinha vindo, sem nenhum jeito de chegar até lá. Estava ali. E estava para ficar.

Samuel foi até o alto da escada, olhou por cima do ombro e viu o homem refratado cem vezes. Atrás dele havia o mar, e ele sobre a água, centenas dele, flutuando ali, em busca de um lugar para aportar.

Em sua descida, com o homem atrás de si, Samuel se movia tão suavemente quanto possível na direção da segurança do casebre. Se ao menos houvesse um patamar, algo que interrompesse os degraus que quebravam um atrás do outro sem parar... Só por um momento, para que sua cabeça parasse de girar, para que a saliva que se acumulava cessasse. Naquela pausa, ele atravessaria o espaço intermediário sem esforço.

Saindo da escuridão da torre, Samuel titubeou, sem enxergar por um instante quando a luz o atingiu. De repente, algo tirou seu equilíbrio e ele caiu para a frente sobre os três degraus do lado de fora, pousando com força na areia abaixo. Sem fôlego, com a respiração ruidosa, ficou imóvel no primeiro momento. As palmas das mãos ardiam. O joelho esquerdo doía. E, em algum lugar, talvez no queixo, havia sangue. Ele soube pelo cheiro.

Tinha levado uma rasteira. O homem tinha feito com que ele caísse, era isso que havia acontecido. O homem queria impedir que ele voltasse para casa. Samuel ergueu um pouco a cabeça. O casebre estava a vinte metros de distância, com a porta aberta. O som da água vinha de todos os lados. Ele sentiu tontura, baixou a cabeça. As ondas o pegaram em seu ir e vir, carregando-o para lugar nenhum.

— Quero ir para casa — disse ele. — Me leva para casa.

Sentiu a mão em cima dele, erguendo-o do chão. Ofuscado pelo sol, não conseguia enxergar nada, mas ouviu uma voz dizendo:

— Está tudo bem? Precisa de ajuda?

— Eu sabia — disse Samuel. — Eu sabia que você era capaz de falar.

O rosto do homem entrou em seu campo de visão, fechado e sem expressão. A boca se movia, como se continuasse a falar.

— Deixa eu ajudar. Aonde você vai?

— Para casa.

O homem o ajudou a entrar no casebre, fez com que se deitasse no sofá. Ao redor de Samuel só havia sombras e escuridão. O mar tinha ido embora, as ondas. Havia outros sons. Trânsito, pessoas. O rugido de caminhões e carros, motos, ônibus. Gente falando alto. Um cachorro latindo. Embaixo dele, o sofá deu lugar à rigidez, a concreto castigado pelo sol. Por cima dele, uma mulher perguntava:

— Está tudo bem, tio?

Os pés dela eram brancos em alguns lugares, muito secos e rachados. Mas, quando ele ergueu os olhos, o rosto redondo dela estava úmido, as curvas de seu corpo delineadas pelo suor no tecido do vestido. Ela teve dificuldade de se abaixar e estava um pouco ofegante quando disse:

— Vamos lá, tio, não pode ficar aqui estirado no chão.

A mulher o ajudou a se levantar com as mãos suadas. Os dedos dele escorregaram e ele achou que iria cair, rachar o crânio no muro atrás de si.

— Aonde você vai?

Samuel apontou para o muro.

A mulher enxugou o suor do rosto e falou devagar:

— Não, tio. Aquilo é o Palácio, a prisão. Está vendo? O senhor acabou de sair de lá. Eu estava do outro lado da rua. Vi quando foi solto.

— Sim, eu moro lá.

— Não, tio, o senhor não pode mais morar lá. Agora está livre. Não pode voltar. O senhor não tem família? Onde era a sua casa? Pode ir para lá?

— Não sei.

A mulher colocou o braço suado ao redor dele, ajudou-o a atravessar a rua e a se sentar em um bloco de cimento embaixo de uma lona estendida para fazer sombra. Ao lado do bloco havia uma pilha de embalagens de doce vazias, amarelas, rosa-choque e azul, e espetinhos de *kebab* manchados nos lugares onde antes havia carne. A mulher entregou uma garrafa plástica a Samuel, coberta de marcas de dedo, e ele bebeu a água morna enquanto ela usava um pano sujo para abanar uma fileira de cabeças de ovelha cozidas, arrumadas em cima de folhas de jornal engorduradas. Atrás dela, um varal estava preto com pedaços de carne pendurados, braçadas de pés de galinha e línguas de bezerro. Moscas se erguiam preguiçosas quando ela abanava o pano, depois voltavam, eram espantadas mais uma vez e finalmente tinham permissão para se alimentar.

— Quanto tempo você passou lá, tio? — perguntou a mulher.

— Não me lembro. Uns vinte e cinco anos, não sei.

— Não é para menos que esteja confuso.

— Não estou confuso. Lá é a minha casa.

— Uma prisão não pode ser a casa de alguém. — Ela entregou a ele um espetinho de carne escura. — Come isso.

Samuel aceitou e mastigou com dificuldade, os dentes que lhe restavam estavam meio moles. Curvou-se por cima de si mesmo ao sugar a carne, afastando-se do ataque de construções e pessoas, do rugido do trânsito e de toda a movimentação da cidade. Nada daquilo estava ali antes de ele entrar. Na época, era tudo calmo, na maior parte pastagens. Às vezes, entre as picaretas e as marretas, ele talvez tivesse escutado o mugido do gado, o assobio ou a canção de um jovem pastor. Nada disso havia restado. Só aquilo no lugar. Aquele caos, ladeado por cabeças de ovelha sorridentes enquanto ele mastigava e mastigava e mastigava e esperava se lembrar de engolir.

Depois do tempo que passaram no pátio de trabalhos pesados naquele primeiro dia, foram conduzidos em fila única através de três corredores diferentes, ladeados por celas. No final do último, um guarda destrancou uma porta que tinha acabado de ser pintada. Ainda assim, as grades estavam cobertas de marcas de dedos, e as paredes nuas de cimento exibiam marcas parecidas, digitais que continuavam subindo e se espalhavam por todo o teto. Será que os prisioneiros haviam feito uma brincadeira para ver quem conseguia pular mais alto e deixar uma marca com a mão? Talvez tivessem subido uns nos ombros dos outros, tentando inclinar o telhado para deixar entrar um pouco de ar, uma vez que não havia janelas, e o balde incrustado de sujeira marrom no meio do aposento fedia e estava rodeado de moscas. Em alguns lugares, o piso estava escuro de urina que ainda não tinha secado.

Ao lado da porta aberta havia uma pilha de esteiras de palha. Cada prisioneiro pegou uma ao entrar na cela, então encontrou um lugar para se sentar. Quando todas as esteiras tinham sido alocadas e a cela estava cheia, o guarda disse:

— Podem se apertar, vão mais para trás. Tem muito mais gente para chegar.

Nove homens estavam esperando para entrar, observando enquanto os que já estavam lá dentro se apertavam, abrindo espaço como podiam. Um dos nove, um homem com um corte de navalha que o repartia de lado, chegou e se sentou ao lado de Samuel. Cruzou as pernas, sorriu, esperou o guarda trancar a porta e se retirar antes de se virar e dizer:

— Será que vão dar comida para a gente?

Não havia luz de teto na cela, mas as luzes do corredor eram fortes a ponto de iluminar seu interior. Samuel viu grãos de areia do pátio na curva da orelha do homem e mais outros alojados entre o couro cabeludo e o cabelo. Havia dois hematomas sarando em seu rosto e casquinhas de sangue em volta dos pulsos. Ele cutucava o braço esquerdo e puxou até um pedaço de casquinha se soltar. Depois de inspecioná-lo, enfiou o pedaço na boca. Ele viu que Samuel estava observando e sorriu.

— Não se preocupe. Eu não sou canibal. — Ele riu um pouco, uma risadinha gutural. — Dizem que o Ditador é, e que ele come todos os inimigos. Já tinha ouvido isso? Ele comeu o presidente, comeu cru.

— Não é verdade — disse Samuel. — O presidente levou um tiro e foi jogado em uma vala. Encontraram o corpo dele. Ainda estava inteiro lá. Ninguém comeu nada.

— Ah — disse o homem, parecendo decepcionado. — Suponho que, se ele comesse todos os inimigos que tem, seria muito maior do que já é. Para ser sincero, não achei que fosse verdade. Só estava fazendo um comentário. Sabe como é, porque a gente escuta coisas.

Ao redor deles os outros prisioneiros se acomodavam para passar a noite, tentando encontrar uma posição confortável. O homem chegou mais perto de Samuel para abrir espaço para as pernas de um outro.

— Meu nome é Roland — disse.

— Samuel.

— Você estava na passeata na praça?

— Estava.

— Eu também. Fui com alguns colegas da faculdade. Estou estudando para ser professor, ciências e matemática em grande parte, mas também precisamos estudar inglês. Nossos exames são daqui a duas semanas.

Samuel assentiu enquanto observava Roland se deitar, as pernas encolhidas no espaço que tinha sobrado para ele. Roland começou a murmurar para si mesmo. De vez em quando ele sacudia a cabeça e depois retomava seu murmúrio. Samuel apoiou as costas na parede, ergueu a cabeça, contou as marcas de mão espalhadas acima dele. Em algum ponto dos corredores principais um homem gritava.

No dia seguinte, e na maior parte dos dias que vieram depois, serviram comida. Nunca muito, mas o suficiente para que eles dormissem e acordassem e trabalhassem. Seis dias por semana, os internos quebravam pedras no pátio, e, apesar de as marretas nunca serem trocadas a não ser que ficassem avariadas, em alguns dias elas pareciam mais leves, noutros, mais pesadas. Nas manhãs de domingo, eram acordados pela estática do sermão de um padre, enfiada para cima deles por um alto-falante em forma de megafone instalado no corredor. Durante uma hora, o ar estalava com a notícia de que o Ditador tinha sido escolhido por Deus e que, como Deus, ele era o pai benevolente da nação. Ele amava seu povo. Queria coisas maravilhosas para todos. Coisas maravilhosas que ele próprio concederia em troca de apenas uma coisa: obediência. Será que era pedir muito? Obediência perante tanto amor?

Alguns prisioneiros resmungaram ou fizeram careta, fazendo com que o guarda batesse o rifle contra as grades e sibilasse:

— Calem a boca e escutem!

Samuel examinou suas unhas quebradas, olhou ao redor da cela para a expressão dos outros homens, observou Roland fechar os olhos enquanto murmurava palavras para si mesmo. O dia não oferecia mais nada depois do sermão. Não havia alívio na cela apertada e sem ar, nada além de observarem uns aos outros cagando e cochilando.

Uma quinzena veio e se foi devagar. Roland disse:

— Parece que eu vou ter que fazer os exames no semestre que vem. Só preciso garantir que não vou esquecer as coisas enquanto estiver aqui. — Ele começou a recitar com fervor cada vez maior e, a cada noite, dizia a Samuel: — Provavelmente, vai ser amanhã. Acho que vai ser. Não vão deixar a gente aqui por mais de um mês, não vai ser mais de um mês com certeza.

Pouco tempo depois, homens começaram a ser removidos do pátio, ou eram retirados da cela no meio da noite. Roland disse:

— Está vendo, Samuel? Está vendo?

Mas quando os mesmos homens retornavam horas ou dias depois, roxos de torturas e espancamentos, Roland se calava e os observava com pessimismo. Certa noite, ele sacudiu Samuel para acordá-lo.

— São uns idiotas — disse ele. — Devem estar pedindo a eles que jurem lealdade ao Ditador e eles devem estar se recusando. Você não acha? É por isso que estão apanhando. Escuta, Samuel, quando chegar a nossa vez, vamos ter que aceitar, vamos ter que jurar. Se dissermos sim, retomamos nossa vida, eu presto meus exames e passo a ser professor. Não é errado. Não é errado fazer isso. No final das contas, ele não é tão ruim assim, não tanto. Então, estamos combinados, nós juramos, certo? Nós juramos.

Samuel deu um tapinha no ombro dele:

— Nós juramos.

Mas ele sabia que não seria tão simples assim.

Na semana seguinte, levaram Roland enquanto ele trabalhava no pátio. Ele sorriu, fez sinal de positivo para Samuel. Não voltou.

Samuel acordou no sofá. O homem estava ajoelhado ao lado dele, dizendo seu nome. Ele segurava uma xícara de chá. Fumegava, alguns grãos de açúcar brilhavam na parte de dentro da borda. O homem tinha ido até a cozinha, remexido nos armários. Samuel empurrou a xícara para longe, observou quando o chá derramou no tapete. Ele se sentou com dificuldade e levou as mãos ao rosto para esfregar os olhos; viu os arranhões recentes na palma das mãos e se lembrou do tombo. Ele se moveu para o lado, só um pouco, para longe de onde o homem estava ajoelhado, antes de levar a ponta dos dedos aos olhos. Ele sentia como se estivesse sonhando, mas não conseguia se lembrar do conteúdo do sonho: ele estava em algum lugar, ou talvez prestes a dizer ou fazer algo, algo à espera de ser completado, de ser lembrado. Ele sacudiu a cabeça, apertou os olhos com mais força até as palmas estarem pressionando as bochechas e ele sentir o ardor dos arranhões e, no queixo, uma ferida endurecendo.

Lembrou-se das bolhas da prisão e foi como retornar ao sonho que andava tendo, foi como estar mais uma vez dentro dele, porém alterado. Samuel precisava se relocalizar nele. Ali estavam as bolhas em suas mãos, bolhas que enchiam e esvaziavam e nunca pareciam sarar. Ficavam piores com a água, nos dias em que os prisioneiros tinham permissão para se lavar. As feridas ardiam, queimavam, amaciavam. Depois, as mãos rachavam e escamavam, e Samuel ficava cutucando a pele, nervoso. Ele fazia isso toda vez que era levado à sala de interrogatório, independentemente de quantas vezes tivesse sido chamado até lá, dos anos que se passavam.

Ele ficava com medo naquela sala, apesar de nunca ter sido ameaçado depois da primeira vez. Ainda assim, sentia medo — da intimidação, da morte, da violência —, e aquilo o deixava enjoado. Fazia com que ele balbuciasse e inventasse e mastigasse a própria pele. Perguntava-se se aquilo teria fim, quando seria libertado. Certa vez, quando já conhecia seus interrogadores bem o bastante, Samuel perguntou a eles o que tinha acontecido com Roland, por que tinham oferecido a ele a oportunidade de jurar lealdade, e por que aquela escolha não tinha sido dada a Samuel.

— Do que você está falando? — perguntou Bila.

Ele era o mais velho dos dois guardas, o mais durão. Ele nem sempre se barbeava, chegava em alguns dias com a barba grisalha por fazer e cheirando à cerveja.

— O estudante universitário — disse Samuel. — Nós chegamos juntos. Ele foi solto no ano passado.

— É isso que você acha? Acha que alguém do tipo dele pode estar lá fora, no mundo, dando aulas? Você acha que é assim que funciona? Você jura seguir o ditador e tem permissão para sair?

— Não foi isso o que aconteceu? Então, onde ele está?

— Não é da sua conta. A sua função é nos dizer o que nós queremos saber.

— Está dizendo que ele está morto? É isso? Ele era inofensivo. Não sabia nada.

O outro homem, Essien, que sofria algum tipo de doença de pele que deixava partes do corpo manchadas de branco, pegou um cigarro e entregou a Samuel.

— Então, vamos começar — disse ele. — O que tem para nós nesta semana?

E, como tinha feito em cada uma das outras vezes, Samuel deu nomes, relatou o que havia sido dito na cela, respondeu perguntas a respeito do que estava acontecendo do lado de fora, a respeito de organizações e movimentos e pessoas de quem nunca tinha ouvido falar. Em troca, não levou surra, ganhou uma caneca de café doce e um sanduíche, recebeu permissão para viver.

Lógico que os outros prisioneiros desconfiavam dele. Ficavam curiosos em relação aos contínuos interrogatórios aos quais era submetido, seu retorno sempre ileso. Com o tempo, começaram a se afastar dele, a cumprimentá-lo com frieza e olhares fixos. Dormiam com as costas viradas para ele, conversavam em sussurros quando ele estava por perto. Samuel ficava esperando ser sufocado enquanto dormia ou perfurado com algum objeto que tivesse sido afiado enquanto os guardas não estavam olhando. No pátio, ele esperava o assassinato a qualquer momento, um golpe de marreta, repentino, rápido demais para que gritasse. A morte estava em seu cangote, à espera.

Mas ninguém jamais tocou nele. Os prisioneiros acreditavam que ele fosse uma pessoa valiosa para os captores, acreditavam que, se Samuel sofresse algum atentado, eles seriam castigados, levados da cela e nunca mais vistos. Então, todos o deixavam em paz. Novos prisioneiros, quando chegavam, recebiam a informação de que não deveriam se aproximar dele, que um homem como aquele, um homem covarde, era contagioso, vivia em quarentena permanente.

Samuel se levantou do sofá, deslocou-se pela sala na direção da cozinha. Como sentia-se ainda um pouco desequilibrado, agarrou-se às costas do sofá, ao batente da porta e à cadeira com encosto na cozinha. O homem o seguiu, com os braços abertos atrás de Samuel, esperando que ele caísse.

— Ainda não estou morto — disse ele e, então, quando o homem olhou para ele sem entender, berrou: — Não estou morto! Ainda não, seu desgraçado!

O homem se afastou com as mãos erguidas.

Samuel se inclinou sobre a pia, abriu a torneira e lavou as mãos, tirando com sabão a areia das feridas. Então jogou água no rosto e observou quando ficou cor-de-rosa ao pingar de volta na pia. Ele não conseguia se livrar do sonho. Ainda estava na prisão, dentro de seus muros. No entanto, apesar do tempo que havia passado lá dentro, restavam apenas lembranças dispersas. Como se não tivessem sido anos, e sim um dia apenas. Um dia que ele reviveu vez após outra, e que ainda vivia.

Enxugou o rosto, as mãos e voltou a atravessar a sala. Ele precisava sair, desanuviar a mente. Mas se sentia como se estivesse preso dentro do casebre, como se não pudesse sair. Ao batente da porta da cozinha, olhou para trás. Tinha escutado um sussurro. À mesa, ao lado do homem, estavam sentados os dois interrogadores.

Bila dizia:

— Um momento, antes de você sair. Esqueci de dizer, mas seu pai morreu.

Samuel não disse nada, baixou a mão, encontrou uma porta, uma maçaneta. No corredor, um guarda estava parado, esperando para acompanhá-lo de volta ao pátio. Aquele era o nono ano, ou talvez o décimo, quando os uniformes tinham mudado de cáqui para preto. As botas do guarda não brilhavam e, na calça, abaixo dos joelhos, havia marcas de poeira que não tinham sido muito bem espanadas depois de ele se ajoelhar. Será que andava rezando?

— Ele fazia parte do movimento de independência, não fazia? — perguntou Bila, que fumava um cigarro e segurava uma caneca sem beber.

— Fazia.

— Ele levou um tiro, pelo que eu soube, durante uma manifestação...?

— Sim, ele ficou paraplégico — disse Samuel.

— Deve ter sido muito difícil, um homem como ele, ter um filho como você. Um rebelde, contrário à independência, contrário ao país.

— Eu nunca fui contrário ao país, nunca fui contrário à independência. Eu era contrário à merda que veio depois disso.

Bila jogou a guimba de cigarro no chão. Já havia outras ali, pelo menos vinte delas, algumas ainda fumegando, marcando o piso com círculos escuros.

— Diga o que quiser, mas a verdade é que você custou ao seu pai a decência de um enterro.

— Como assim?

Essien pousou a caneca na mesa, lambeu os lábios.

— Agora é lei. É preciso ter um certificado de permissão para enterrar os mortos.

— Um certificado? Não estou entendendo... Qual é o problema?

— Certificados de permissão são negados àqueles que têm filiação ou parentesco com rebeldes.

Samuel levou a mão à testa, beliscou uma sobrancelha.

— O que vai acontecer com ele?

Bila deu de ombros, mas Essien disse:

— Não sei. Tem gente, ouvi dizer que tem gente enterrando os entes queridos no jardim.

— Nós não temos jardim.

Bila se levantou.

— Olha só, meu chapa, isso não é problema nosso. Nós só repassamos. Só isso. Nada mais.

Com isso, Bila saiu da sala ignorando o cumprimento de Essien. O guarda também se levantou, foi até onde Samuel estava esperando. Colocou a mão no ombro dele.

— Ele fazia parte do Movimento. Alguém vai ajudar. Alguém vai dar a ele espaço no quintal. Ele não vai ficar largado, tenho certeza.

— Isso não faz o menor sentido. Essa lei. Não faz nenhum sentido.

Essien olhou para o corredor, aproximou o rosto do ouvido de Samuel.

— As coisas estão feias lá fora. Ninguém está seguro. O Ditador está paranoico, com medo de todo mundo. Ensinei os meus filhos a dormirem com as mãos por cima da boca. Vai saber o que eles podem dizer enquanto dormem e quem pode estar ouvindo?

Depois daquele dia, Samuel foi chamado mais uma vez à sala de interrogatório. Bila havia se aposentado àquela altura, e o homem novo, que carregava uma pasta de documentos e usava terno e gravata, tinha um cargo superior ao de Essien. Não era adepto de cigarros nem de café doce. Fez várias perguntas a Samuel, mencionou organizações e pessoas, referiu-se a outros prisioneiros. Samuel deu respostas atrapalhadas, mas o homem não se deixou enganar.

— Este prisioneiro não sabe nada — disse ele a certa altura. — Está desperdiçando o nosso tempo. Existem verdadeiros inimigos da liberdade que precisamos pegar. Podem devolvê-lo ao trabalho. Ele não tem mais serventia para nós.

Nos anos que se seguiram, ignorado por seus companheiros de prisão, semanas podiam se passar sem que Samuel tivesse a menor necessidade de falar. Ele vivia em silêncio; à noite, era forçado a ocupar um lugar no canto, apertado contra as grades da cela. Lembrava-se de como as conversas que tinha tido no passado, até mesmo os interrogatórios, haviam servido para preencher a solidão. Ele ansiava por falar com o homem ao lado, sussurrar algumas palavras, ter alguém que lhe respondesse.

Os guardas mudavam o tempo todo no Palácio. Faziam rodízio por todo o país, serviam a várias instituições e situações, de modo que nenhum homem podia construir vínculos duradouros. Em um ano, durante vários meses, um guarda gordo de meia-idade ficou no corredor. Ele era bonzinho, não gritava nem dava chutes.

— Não faça com os outros o que não gostaria que fizessem com você — dizia ele e, à noite, desejava-lhes um sono agradável enquanto caminhava pelo corredor, cantarolando hinos para si mesmo.

O nome dele era Discípulo, e explicava quando perguntavam:

— Não é o nome que os meus pais me deram, mas é o nome que Deus me deu quando fui até ele, primeiro como pecador, depois como seguidor.

Certa noite, ele parou no lugar onde Samuel estava sentado com a cabeça encostada nas grades, com os braços em volta dos joelhos.

— Ando observando você, irmão. Você não está bem. Não dorme. Sua alma está atormentada.

Samuel não ergueu os olhos.

— O que você sabe sobre essas coisas?

— Só o que eu enxergo. E está no seu rosto. Precisa libertar os demônios que vivem dentro de você. Deus vai perdoar seus pecados, assim como perdoou os meus. Ele está pronto e à espera. Você só precisa pedir.

— Você está errado. Eu pedi e ele me mandou embora.

— Ah, mas isso não pode ser verdade, irmão.

— Não pode? — indagou Samuel, erguendo os olhos e franzindo a testa. — Olha só para mim... Eu traí todas as pessoas que conheço, e muitas que não conheço. Estou rodeado por homens que gostariam de me ver morto mais do que qualquer outra coisa.

— Sim, você traiu algumas pessoas, é verdade, mas o que importa é que demonstrou lealdade àquele que importa, Sua Majestade Suprema, Protetor da Nação e Salvador do Povo.

— Está falando de Deus? Nunca fui leal a ele.

— Não, de Deus não. Estou falando do nosso grande governante. Alguns o conhecem como o Ditador, mas esse é o título oficial dele.

— Esse é o título oficial dele? Tudo isso?

— Acho que tem mais coisa, mas não consigo me lembrar de tudo.

— Suponho que eu não devia me surpreender por ele ter se dado um nome assim. Está lembrado do desfile da vitória, depois do golpe? Toda aquela pompa e circunstância?

— É lógico que lembro — respondeu Discípulo, que sorriu e bateu de leve com o dedo em uma das grades da cela. — Eu estava lá. Ele nos libertou, nos salvou de um presidente que tinha traído a todos. Um presidente que tinha colocado seus asseclas em posições de poder, asseclas esses que foram lá e pegaram tudo para si. Todo o resto, o povo, e tudo o mais, tudo foi esquecido.

— Qual é a diferença disso e da comitiva do Ditador cheia dos irmãos e amigos e primos dele? Ele também colocou todos em posições de poder. Qual é a diferença? E todas as pessoas assassinadas?

— Não, irmão, vamos, já chega. Ele nos salvou. Depois de todos esses anos preso, você ainda não sabe disso?

Samuel ficou em silêncio por um momento. Virou um pouco a cabeça, olhou para trás, para os homens que dormiam ao redor dele.

— Quer saber o que eu sei depois de todos esses anos preso?

— Diga.

— Eu sei que não faço a menor ideia de qual é a aparência do meu filho. Na minha cabeça, ele ainda é um bebê, um bebezinho minúsculo que eu vi pela última vez nos braços da minha mãe, na manhã em que eu fui para o desfile na praça. Para mim, tudo lá fora continua igual, tudo paralisado ao redor da imagem daquele bebê. Minha irmã é adolescente, a mãe do meu bebê ainda está marchando diante da estátua, os meus pais ainda estão vivos. Nada mudou. Até aqui eu me esqueço de que o tempo passou. Às vezes vejo meu reflexo em uma vidraça e não me reconheço. "Quem é esse homem?", é o que tenho vontade de dizer.

— Não precisa fazer essa pergunta. Como eu disse, você é um homem que demonstrou lealdade.

Samuel se virou para olhar para o guarda de novo.

— Não diga isso. Eu nunca fui leal a ninguém além de a mim mesmo.

No fim da tarde, o céu cinza ameaçava chuva. Samuel dissolveu levedura em uma tigela de metal cheia de água morna. Acrescentou açúcar e sal e deixou descansar um pouco enquanto pegava a velha lata de biscoitos onde guardava a farinha. Sem medir nada, avaliou a quantidade por experiência.

O homem estava sentado à mesa na frente dele, observando. Recostado na cadeira, com as pernas abertas, enfiou os dedos no pacote de biscoitos de ponche tropical. A embalagem plástica fez barulho quando ele remexeu em busca de um, e depois mais ainda quando ele puxou para fora. Enfiou o biscoito inteiro na boca e mastigou fazendo barulho, com os lábios meio abertos. Quando colocou as mãos na tigela, Samuel flagrou o desconhecido olhando fixamente para ele, acompanhando seus movimentos. Ele tateou em busca de mais um biscoito e enfiou na boca enquanto ainda mastigava o outro.

Samuel baixou os olhos. Havia sujeira nas rugas dos nós dos dedos dele e embaixo das unhas, e as palmas arranhadas também ainda estavam um pouco sujas. Foi até a pia e usou detergente para limpar as mãos mais uma vez, depois enxugou em uma toalha marrom pendurada na frente do forno. Então voltou à mesa e começou a manusear a massa. Uma bola foi se formando, ficando elástica, quente. Pousou a tigela na pia e colocou a toalha por cima, dando tempo para a massa crescer.

Quando se virou para trás mais uma vez, o homem usava o dedo para desenhar na farinha que tinha se espalhado por cima da mesa. Era um ato impensado, nada mais do que um rabisco. No entanto, quando Samuel se aproximou, o homem se apressou em apagar, passando a farinha da mesa para a mão aberta que esperava. Estendeu para Samuel, uma pergunta.

— Ali — disse Samuel, apontando para um cesto de plástico cinza.

Ele então guardou os ingredientes, limpou a mesa com um pano seco e deixou o resto da farinha cair no chão. Colocou a caixa enviada por Edith para cima da mesa, dobrando a tampa para trás, para que não voltasse à posição anterior. O homem tinha voltado a comer os biscoitos. Enfiou um dedo na boca, cutucou um dente, soltou alguma coisa presa nele e lambeu a unha antes de continuar a mastigar. Samuel baixou os olhos para dentro da caixa e tirou uma pilha de revistas de papel barato com as bordas carcomidas. A capa da primeira mostrava uma mulher de vestido prateado e os olhos pesados de cílios postiços. Ao lado dela havia um homem sem camisa a não ser pelo colarinho e uma gravata- -borboleta prateada. Ele tinha piercings nos mamilos, braços tatuados. Samuel reconheceu a foto. Ele já tinha aquele exemplar. Examinou a pilha e foi separando as repetidas, que jogava em um caixote de madeira em que guardava papel para acender o fogo.

Em seguida, foi a vez das fitas de vídeo. Os estojos eram pegajosos, cheiravam a cigarro e a caixas fechadas. Em uma delas parecia que alguém tinha derramado molho de tomate e deixado secar até formar uma crosta. Havia nove fitas no total, e ele ainda não tinha assistido a nenhuma.

Estendendo a mão por cima da mesa, o homem pegou as fitas e examinou-as como um cliente numa videolocadora. Comeu o último biscoito e virou o pacote por cima da boca para pegar as migalhas. Caminhou até o lixo, jogou o pacote fora, soltou um arroto de leve. Então, fedendo a migalhas e aroma artificial de frutas, foi até onde Samuel estava, enfiou a mão na caixa, tirou três potes de geleia de vidro, meio lápis listrado de rosa e dourado e um canudo que ainda estava dentro de seu envelope de papel.

Samuel sacudiu a cabeça e tirou o canudo da mão do homem. A caixa era dele. Ele olharia o que tinha lá dentro sozinho. O homem deu de ombros, voltou a se sentar e observou quando Samuel pescou lá de dentro uma lata de café cheia de botões desconjuntados, um saco de braçadeiras de cabos, um urso de cerâmica segurando um coração desbotado que tinha ficado cor de laranja, e um prato de jantar rachado com a figura de um abacaxi. No fundo da caixa havia um álbum de fotos. Era velho, espiralado e a capa mostrava o desenho de um menino usando macacão boca de sino e segurando um regador. Quando Samuel o retirou da caixa, as fotos, descoladas com o tempo, caíram. Ele se abaixou e as juntou do chão. Do outro lado da mesa, o homem se colocou de quatro no chão para pegar uma que tinha escorregado para baixo da grande geladeira a gás. Ele olhou para a foto, piscou, fez deslizar por cima da mesa.

A foto era de um rapaz, pouco mais do que um adolescente, vestindo uniforme militar. A boina estava um pouco torta, inclinada para cima da sobrancelha esquerda, o pescoço parecia rígido; o rapaz não sorria e os olhos não tinham brilho, como se estivesse fazendo a pose havia algum tempo, sem piscar. Era uma fotografia formal: apenas cabeça e ombros, a foto tinha uma borda branca.

Samuel examinou as outras fotos que tinha na mão. Uma senhora gorda de avental mexendo uma panela em cima de um fogo ao ar livre. Atrás dela havia um homem em pé, com o rosto iluminado por uma risada. A seguinte era da fachada de uma casa. Uma escada estava apoiada contra uma parede parcialmente pintada. Através de uma janela, bem apagado, um rosto olhava para fora. Depois, cinco rapazes largados em um banco de parque, bebendo refrigerante da garrafa. Mais uma vez, o rapaz de uniforme, na frente da casa pintada, o rosto virado para o lado como se conversasse com alguém não enquadrado. E mais uma, dessa vez com ele de frente para a câmera, sorrindo. Duas dele com pessoas que Samuel presumiu serem seus pais, um cachorro fuçando e um arbusto no fundo, nas duas. Essas fotos mostravam o corpo dele todo, revelando um garoto pouco à vontade, parecendo sem jeito como tantos outros, como ele um dia tinha sido: meninos sem o costume de usar sapatos, ou que usavam sandálias no máximo. Naquela época, tinha sido uma visão comum, naqueles meses antes e depois do golpe. Eram chamados de Meninos dos Sapatos Novos de zombaria por causa do jeito que eles marchavam, mancando, aos tropeções quando subiam escadas. Eram rapazotes, quase sempre de famílias pobres ou em situação de rua, vulneráveis de um jeito ou de outro. Os militares iam atrás deles, prometiam abrigo, comida, dinheiro. Mais de um amigo de rua de Samuel havia sido seduzido. Cachorro tinha sido um deles. Tinha voltado ao velho bairro em um fim de semana para se gabar.

— E isso? — havia perguntado Samuel.

— Isso o quê? Está falando da minha nova vida? Essa em que eu não estou dormindo na porta de alguém ou roubando só o suficiente para me virar? Essa vida em que eu não levo chutes nem surra da polícia por estar simplesmente parado no lugar errado?

Samuel baixou os olhos para os coturnos reluzentes, o rifle pendurado no ombro de Cachorro como se fosse uma bolsa.

— Isso — disse Cachorro — se chama poder. Agora sou alguém que as pessoas têm que escutar. Você devia fazer a mesma coisa. Não dá para se esconder embaixo das cadeiras do cinema para sempre e decorar as cenas dos mocinhos e bandidos. Vai atuar na vida de verdade.

— Você acha que sapatos transformam um cachorro em uma pessoa de verdade? Você vai ser cachorro a vida inteira.

— Pelo menos eu vou ser mais do que você jamais vai ser.

Mas aquilo já fazia muito tempo. Tinha sido antes de Meria, antes das manifestações. Antes da prisão. Ainda assim, foi Cachorro que ele reconheceu em muitos dos soldados e guardas a cada dia em que esteve preso. Rapazes que não tinham a menor ideia do que estavam fazendo. Que batiam continência, raspavam os rifles nas grades, vociferavam ordens que eram ordenados a dar. E a verdade era que, na época, e talvez muito tempo depois, Samuel havia ficado com inveja das botas usadas por Cachorro. Tinha inveja do uniforme dele. Quem não gostaria de ser mais do que era? Não gostaria de sair do lixo, ser alguma coisa?

Samuel colocou as fotos de lado. O homem se inclinou por cima da mesa, pegou as fotos e as repassou devagar enquanto Samuel abria o álbum. O celofane tinha se soltado na maior parte das páginas. Fazia barulho quando ele as virava e só algumas fotos tinham ficado no lugar. Havia um bolo de aniversário moldado ao redor de uma boneca de plástico, de modo que parecia um vestido de baile de espuma rosa e branca. Ao lado dele, uma menina usando um vestido com estilo parecido e óculos de armação grossa dava um sorriso largo. Em seguida, um menino (o mesmo das fotos com uniforme, mas dessa vez pequeno, uma criança) posando com um lenço e os dedos apontados para parecer um bandido. Então o menino e a menina com o vestido de festa dela de costas para cortinas fechadas, de mãos dadas, relutantes, com a testa franzida, o tremor no lábio da menina em forma de um borrão que a desfigurava. E, embora aquela lembrança não lhe pertencesse, Samuel ficou comovido com ela, se lembrou do trajeto no carro da mulher que o tinha recolhido na frente da prisão, que o tinha alimentado e lhe dado roupas. Que o tinha levado à própria casa enquanto ele tentava localizar sua família.

— Sinto muito — tinha dito ela. — Não consegui achar nenhuma informação sobre Meria alguma ou Lesi algum. Não existe nada a respeito deles, e acredito que a sua mãe morreu há alguns anos. Mas eu consegui encontrar a sua irmã. Levo o senhor até lá, não é muito longe. Tenho certeza de que ela vai ficar feliz em revê-lo.

Quando o carro parou, a mulher não desceu. Ela deu um tapinha no ombro de Samuel como se o fizesse para acordá-lo.

— Chegamos, tio.

A rua era movimentada, com fileiras de prédios altos de ambos os lados, lixo espalhado nas calçadas. A mulher apontou para um prédio dez metros adiante. Era pintado de verde-menta, com as janelas escuras.

— É aquele ali. Sétimo andar, número dois. Sinto muito, mas não posso acompanhá-lo. É proibido estacionar aqui, está vendo?

Ela mostrou uma placa a Samuel.

— Vou dar umas voltas no quarteirão. Se o senhor não tiver voltado até… bom, digamos, às quinze para as dez, eu vou deduzir que está tudo bem, certo?

— Certo. Obrigado.

Samuel atravessou o batente de uma porta feita inteiramente de vidro. Azulejos verdes com detalhes em cinza e preto forravam o piso e as paredes. Ele subiu a escada devagar. Quando chegou ao sétimo andar, estava com medo, mas ainda assim bateu com força à porta e esperou. A porta do apartamento vizinho abriu, e uma mulher de penhoar saiu pelo corredor. Estava com um bebê no colo, segurava uma garrafa de cerveja; mais duas crianças se agarravam às suas pernas.

— Quem você está procurando?

— Mary Martha.

A mulher tomou um gole de cerveja.

— Ela fica no número três.

A mulher ficou onde estava, observando enquanto Samuel caminhava pelo corredor e batia na porta seguinte. Depois de um tempo, uma mulher gorda de meia-idade abriu. Estava vestindo uma blusa branca que se estendia de modo irregular sobre a barriga e os peitos e, embaixo disso, usava uma calça cinza e tênis pretos. Na cabeça, uma peruca loira barata, cabelo comprido e franja. Ela estava com a cara amarrada quando abriu a porta, e sua expressão não mudou quando ela viu quem era.

— Eu estava me perguntando quando você apareceria aqui. Ouvi dizer que o novo governo está soltando prisioneiros.

— É.

— Imagino que queira ficar — disse ela, e deu um passo para o lado para deixar que ele entrasse. — E imagino que queira comer. A cozinha fica ali. Pode comer um pouco de pão. Ainda não comecei a fazer o jantar. As crianças vão chegar tarde hoje.

— Obrigado — disse Samuel.

A cozinha era pequena. Com Mary Martha ali dentro ao lado dele, mal havia espaço para se mexer.

— Anda, pega um pouco de pão. Não vou fazer isso para você.

Havia pão na pia, um pão fatiado de supermercado, mas não tinha manteiga nem qualquer outra coisa para passar. Ele pegou uma fatia do pacote e mastigou, seca.

Mary Martha enfiou a mão nos peitos e tirou dali um maço de cigarros e um isqueiro amarelo néon. Acendeu o cigarro enquanto falava pelo canto da boca.

— Está sabendo que Lesi morreu?

Ele parou de mastigar.

— Não.

— Eu tentei fazer com que te avisassem. Não é minha culpa.

— Como?

— Eu comentei com alguém e a pessoa disse que conhecia alguém que...

— Não, não. Eu quero saber como ele morreu. É isso que eu quero dizer. Andamos ouvindo tiros e explosões nestes últimos meses. Foi uma explosão?

— Ah, não, não foi isso. Foi muito antes. Agora deve fazer uns dezesseis anos. Ele teria vinte e quatro anos neste ano?

— Vinte e cinco.

— Então, faz uns dezesseis, dezessete anos.

— Como ele morreu?

— Caramba, Samuel, por que você fica fazendo essa pergunta? Não sei. Ele morreu. Ele estava vivo, ele teve uma febre e então morreu.

— Você não foi a um hospital nem procurou um médico?

— Com que dinheiro? Você não estava aqui. A mamãe e o papai eram velhos. Eu estava grávida e praticamente sozinha.

Ficaram em silêncio até Mary Martha fazer um gesto para o pão.

— Terminou?

Ele ainda estava com três quartos da fatia na mão. Assentiu.

— Então, fecha o pacote, caramba. Vai ficar duro.

Foi o que ele fez, torcendo o saco e prendendo com um pequeno clipe de plástico.

— É melhor você arrumar emprego — disse ela. — Mesmo que seja pedir esmola. Eu não dou a mínima para o que você vai fazer, mas não pode ficar aí sem fazer nada, achando que eu vou cuidar de você como faziam quando estava na cadeia. Lembre-se de que eu tenho dois filhos... não preciso de um terceiro.

Três meses foi o tempo que Samuel ficou com eles. Ele não tinha chave e as crianças trancavam-no fora à noite até a mãe deles chegar, alegando que não tinham escutado ninguém bater com o som da televisão. Impediam que ele usasse o banheiro, forçando-o a ir ao banheiro público no parque, onde não tinha papel higiênico, onde as portas não fechavam, onde o fedor era insuportável.

— Por que ele está aqui? — perguntou o menino certa vez. — Ele fede. Ele come tudo. É por causa dele que eu não ganhei o sapato novo que você prometeu.

— Eu não disse nada antes porque ele supostamente é da família — disse a menina. — Mas ele fica me olhando pelo buraco da fechadura quando eu estou no chuveiro ou no meu quarto. Ele se toca. Eu não me sinto segura com ele aqui. Ele vai me estuprar.

O irmão dela concordou.

— Já vi ele fazendo isso. Ele fazia coisas nojentas na prisão e quer fazer aqui também. Ele é perigoso.

Logo, Mary Martha chegou em casa com um recorte de jornal anunciando o emprego no farol.

— Vou ajudar você a conseguir esse emprego — disse ela. — E depois disso nunca mais quero ouvir falar de você.

Naquela noite, na cama, foi difícil para Samuel se aquietar. O pão não tinha crescido direito e parecia um peso no estômago dele. Na sala, ele escutou o sofá ranger quando o homem se levantou; ouviu quando ele caminhou até a porta, abriu, saiu. Não fechou a porta atrás de si. O vento soprou para dentro. Fez as janelas chacoalharem; os quadros e as cortinas, tremerem.

Samuel fez um som de reprovação. Será que o homem estava indo ao banheiro mais uma vez? Fazia só uma hora que eles tinham se encontrado na frente da latrina; na verdade, tinham se esbarrado. Samuel havia ido primeiro para conferir a luz: o mecanismo ainda não estava funcionando muito bem e ele não tinha conseguido consertar; fez um lembrete para si mesmo de que precisava dar um jeito no dia seguinte. Ao sair da torre, havia ido até a latrina, achando que o homem estivesse dentro do casebre. Ali, bem na frente, quando o sujeito estava saindo, com os olhos abaixados, eles tinham se esbarrado, surpreendendo um ao outro. Uma dança sem jeito se seguiu. Moveram-se ao mesmo tempo para a esquerda, depois para a direita, bloqueando-se mutuamente enquanto tentavam dar passagem.

A porta da frente se fechou, passos soaram. O homem estava de volta. A luz da cozinha surgiu nos cantos da porta do quarto de Samuel, iluminando parte de seu armário. Ele ouviu água correndo; uma caneca pousada na pia; talheres sendo movidos. Samuel tossiu. O barulho parou. A luz se apagou e, no escuro, os talheres foram mexidos mais uma vez. Depois, silêncio.

Samuel fechou os olhos, começou a relaxar, então ficou paralisado. Havia passos entrando em seu quarto. Ele se ergueu um pouco na cama, olhou para a sombra alta.

— O que foi? O que você quer? Estou dormindo.

O homem chegou mais perto. Uma das mãos parecia estar fechada em um punho. Será que ele segurava alguma coisa? Ele se sentou ao pé da cama. Samuel puxou as cobertas até o peito e perguntou mais uma vez:

— O que você quer?

O homem começou a falar. Apontou para fora. Fez gestos que Samuel não foi capaz de identificar no escuro. Certas palavras ele repetia, ou elas voltavam como se fossem as personagens principais de uma história que ele estava contando. Então ele se inclinou para a frente, ergueu a mão direita, apontou com o indicador, como se o dedo fosse uma faca, e o deslizou pela garganta.

O TERCEIRO DIA

Acordou num susto, certo de que o homem estava por cima dele, com os dentes cerrados, empunhando uma faca. Mas o quarto estava vazio quando Samuel abriu os olhos. Vazio e frio. Ninguém tinha entrado ali havia algum tempo.

Ele se vestiu como fazia em outras manhãs, embora permanecesse nele a clareza temerosa dos dedos do homem sobre a sua garganta. Tinha tentado argumentar consigo mesmo, pensando que o gesto devia significar algo diferente para o sujeito. Mas Samuel não era capaz de imaginar o quê.

Caminhou até a porta com as mãos no pescoço e olhou para a sala para ver se o homem estava acordado. Nenhum dos dois tinha lembrado de fechar as cortinas na noite anterior, e a sala estava mais clara do que o normal a essa hora do dia. O homem estava deitado no sofá, encolhido. A mão esquerda, fechada em um punho frouxo, como se estivesse segurando algo antes de deixar cair. Samuel observou e pensou como seria fácil dar um tiro nele. Como seria fácil simplesmente erguer o braço e dar um tiro naquele homem enquanto dormia. Feito isso, Samuel o enterraria na mureta de pedra da ilha. Não. O corpo dele seria retornado ao lugar em que tinha encalhado na praia. Samuel entraria na água até onde conseguisse, deixaria que as ondas o levassem, observaria até carregarem o corpo de volta ao lugar de onde tinha vindo. Seria trabalhoso, isso era certeza. Ele teria que limpar as paredes, provavelmente queimar o sofá. Inventaria uma desculpa pela perda, imploraria a Chimelu que pedisse a Edith uma poltrona descartada. Ela não recusaria. Não com a súplica gaguejada de um velho que vivia sozinho sem nada para chamar de seu.

Ele ergueu o braço, atirou. Pronto. Só que ele não tinha arma, e o homem continuou vivo. Samuel desviou o olhar. Havia círculos cinzentos de condensação nas vidraças da janela, como se alguém tivesse ficado parado do lado de fora, respirando ar quente no vidro enquanto espiava o interior. Por um instante, ele acreditou que a família do homem tinha vindo, já que a ilha havia sido reivindicada para ele. Por um instante, acreditou estar sendo observado. Imaginou-se abrindo a porta da frente, sendo confrontado pela aproximação deles: todos aqueles corpos do barco que afundou, pingando, jogados de um lado para o outro pelo mar, as roupas marcadas de sal, subindo pelas paredes, arqueando-se para subir as dunas, atravessando o capim amarelo comprido. E, junto com eles, outros, ainda mais sinistros. Esqueletos enterrados na mureta, fazendo força para sair, fazendo as pedras rolarem e caírem, a coisa toda se desintegrar, erguendo-se para ir atrás dele.

Samuel expirou na caneca que tinha nas mãos, a respiração densa em seu rosto. Ele estava ficando louco. Era certeza. A tontura, a queda, as visões de pesadelos ganhando vida; todas as lembranças, e o homem ali. Samuel sentia-se nauseado.

Ele piscou, olhou mais uma vez na direção do sofá. Então viu algo na mesinha de centro, algo que não tinha notado quando entrou na sala. O homem devia ter feito aquilo com a luz das estrelas, devia saber que incomodaria Samuel se tivesse acendido a luz. Ele havia tirado um dos potes da caixa de caridade e enchido com pedacinhos azuis e brancos de papel das revistas descartadas, que enrolou em pequenas pérolas. Então, usando as braçadeiras de cabos, tinha criado um buquê de flores multicoloridas. Produtos assim eram a marca do imigrante e refugiado. Criaturas e bijuterias de contas, tigelas e cata-ventos. Itens feitos com capricho e vendidos por quase nada.

Havia muitos imigrantes nas favelas quando ele era pequeno. Alguns estavam lá fazia anos, antes da chegada da família dele. Tinham se casado com locais, tido filhos. Do outro lado da rua, na frente da casa onde a família de Samuel morava, havia um casal que tinha fugido da guerra civil que se seguiu à independência no país deles, e, embora fosse uma lembrança muito distante, ele se recordava do modo como saíam a cada manhã com um cobertor e suas cestas de arame e contas para poderem se acomodar ao sol enquanto confeccionavam sua mercadoria. Eles assentiam com a cabeça em um cumprimento quando Samuel carregava o pai para fora depois do café da manhã. Tinha o hábito de ficar sentado em sua cadeira, chamando as crianças que passavam, perguntando a elas como estava a escola e se juravam lealdade todas as manhãs ao retrato do presidente, de moldura rebuscada, que ornamentava todas as lojas e escolas e prédios públicos. Perguntava se o grande homem já tinha ido lhes fazer uma visita e mostrava uma bandeira de papel em frangalhos que havia guardado do desfile de posse, dizendo às crianças que esperava conhecê-lo um dia, que esperava ter a oportunidade de cumprimentá-lo.

Certa manhã, ele chamou o casal do outro lado da rua, abanou sua bandeira para eles e disse:

— Sinto muito pela sua história não ser tão feliz como a que temos neste país, mas fico contente por termos podido lhes dar uma vida nova e melhor aqui.

A mulher sorriu, mas o homem disse:

— Era assim para nós também, tio. Sinto muito em lhe dizer, mas éramos exatamente iguais a você.

O pai de Samuel deu uma risada.

— Não, meu amigo, isso não é possível. Este é um país livre e democrático. Somos independentes, agora nós estamos com tudo. Não vai ter problema nenhum aqui. O seu país fez as coisas erradas, vocês cometeram erros.

— Espere só, tio. O senhor vai ver.

— Não tem nada para ver. Você está enganado, vizinho, muito enganado.

Mesmo assim, ele fez amizade com o casal. Pedia a Samuel que o carregasse para o outro lado da rua, que levasse café para ele e para os dois amigos. Ele ficava lá sentado e conversando na maior parte das manhãs e, com o tempo, começou a ajudá-los a colocar as contas no arame, a cortar latas de refrigerante, fazer carrinhos que as crianças usavam para disputar corridas nas ruas empoeiradas. Mas nunca aceitava dinheiro pelo trabalho. Ele não queria, disse, embora sua família mal tivesse como se sustentar naquela época. Pelas costas dele, o casal dava dinheiro à mãe de Samuel. Ela escondia em um lenço de cabeça antigo e dizia a Samuel:

— Não me orgulho muito de receber dinheiro de refugiados. Eles são gente boa, mas que paguem algo por estar aqui.

A mãe não era a única com esse sentimento. A independência não havia trazido as coisas que tinham sido prometidas. Na verdade, muita gente reclamava que passou a ter menos do que antes.

— É muito bom ter direito ao voto — diziam. — Mas isso a gente não pode comer, não é mesmo?

Também não dava para comer a nova bandeira, nem os trompetes e os floreios do hino nacional. O ressentimento começou a crescer, o amargor pelas promessas não cumpridas começou a contagiar as pessoas, e Samuel compartilhava desse sentimento. O pai dele era um bobo sorridente, um tolo que mantinha firme a ideia de que o presidente era tão bom quanto o Messias, que um dia ele iria até as favelas para agradecer aos feridos e aos enlutados seu serviço ao país. Ele se orgulhava daquilo que acreditava ser seu lugar na história, enxergando a si mesmo como alguém que teria algum significado para o futuro. Este homem que já tinha sido esquecido pelos companheiros de Movimento, que fazia as pessoas buscarem caminhos alternativos para não ter que encontrá-lo, tão cansadas que estavam de sua ladainha e suas lembranças.

Àquela altura, o General, que depois viria a ser o Ditador, estava ganhando popularidade junto às massas. Ele entrava nas favelas, passava o tempo com o povo, escutava seus lamentos. Quando multidões se juntavam, ele falava com elas com voz ribombante, e, quando mais gente ainda se juntava, ele erguia um megafone à boca e berrava de modo que as planícies mais altas pareciam muito ondular com as reverberações. Ele falava diretamente com os medos das pessoas, fazia promessas. Ele culpava os estrangeiros pelo sofrimento do povo, jurava que acabaria com todos os problemas.

— Escutem o que eu digo se têm fome, escutem o que eu digo se têm frio e medo — dizia ele. — Eu sou como vocês. Eu sei como vocês se sentem. Não deixem que este uniforme os engane. Por baixo, eu sou a mesma coisa que cada um de vocês. Nós somos aqueles que lutaram pela independência. Nós somos aqueles que lutaram para ter a própria nação. Somos aqueles que perderam entes queridos, que foram presos e feridos. Somos aqueles que morreram. Por que ainda estamos dividindo o nosso país com estrangeiros depois de tudo isso? Eles que retornem a seu próprio lar, que lutem por sua própria liberdade. Não os queremos aqui tirando de nós aquilo pelo qual lutamos tanto. Este país é nosso, ninguém mais tem direito a ele. Ninguém mais tem direito a estar aqui. Este país é só nosso, só nosso. Chegou a hora de fazer com que não se sintam mais bem-vindos. Chegou a hora de fazer com que vão embora!

Em seus discursos, o General acusava o novo governo e o presidente, alegando que não estavam cuidando dos seus em primeiro lugar. Por acaso não se importavam com aqueles que os tinham colocado no poder com muito sangue e suor? Será que não se importavam nem um pouco com seu povo? O poder fazia com que os homens se tornassem odiosos. Fazia com que se esquecessem de todos, exceto deles mesmos.

Não era algo que Samuel gostava de se lembrar. Nem mesmo com a distância do tempo era possível se lembrar disso sem sentir vergonha. O jeito como ele tinha tomado parte naquilo que o General chamava de "eliminação seletiva". Samuel não tinha problemas com estrangeiros. Mas era um rapaz cheio de raiva, e, quando o levante chegou ao bairro dele, deixou-se levar. Ele não gostava de pensar nisso, de se lembrar de como havia pegado o machado da pilha de lenha e se juntado ao tumulto nas ruas. Samuel não matou ninguém naquele dia, mas tudo que ele destroçou, todos que ele perseguiu naquele momento foram alvo de uma vingança por seu pai ingênuo, por seu corpo com sequelas, pela casa que perderam no vale e pela pobreza da vida de sua família naquela cidade suja.

A vergonha não veio imediatamente. Não por expulsar os amigos do pai dele da casa deles, nem quando imploraram a ele que não fizesse isso, não por destruir as cestas deles e deixar suas criaturas de contas espalhadas pelo chão como se fossem o produto de uma chacina pavorosa. Ele deu risada quando a mulher tropeçou na rua, quando o homem mijou na calça, quando o filho deles começou a balbuciar em uma língua estrangeira. E, depois, quando a eliminação seletiva tinha amainado, quando os corpos e os destroços haviam sido eliminados, ele examinou o machado com cuidado. Ele sabia que não tinha atingido ninguém com ele, mas, mesmo assim, quando viu uma mancha de sangue no cabo, durante vários dias, caminhou com a cabeça muito erguida, à maneira de um herói.

Os pais de Samuel não imaginaram seu envolvimento no massacre. Se algum dia descobrissem, não seria por intermédio dele. Acharam que havia algo de estranho na distância crescente entre eles e o filho. Tinha havido dificuldades desde que se mudaram para a cidade, mas Samuel sempre tinha se virado para prover a família. Agora, não trazia mais nada para casa. Ele acordava cedo, saía, só voltava algumas horas antes do amanhecer, sempre de mãos vazias. Dormia pouco, voltava a se levantar, saía.

Samuel saía para caminhar pela cidade, para observar os lugares que tinham ficado vazios por causa das pessoas que fugiram ou morreram. O orgulho que havia sentido já não existia mais, também não mais o prazer causado por aquela gota de sangue. Ele tinha medo do que havia feito, da destruição que tinha causado. Escolheu confrontar essas ausências, olhar fixamente para elas até que fossem embora, ao mesmo tempo que tentava se reconfortar com a ideia de que, no fundo, a culpa não era dele. O que ele havia feito, afinal de contas? Praticamente nada. Quase nada. Tinha sido pouco mais do que um observador. Era inocente.

Já não via mais os amigos, abriu mão dos roubos e da vadiagem. Circulava pelas ruas sozinho, gastando as solas dos sapatos até que se desmantelavam e ele tinha que consertar com remendos de borracha de pneu; sua aparência era cômica por baixo de sua imitação brilhosa de um terno em estilo americano. Percorria sempre o mesmo trajeto, de modo que sabia na hora quando qualquer coisa se alterava; observava os lugares vazios começarem a encher quando as pessoas voltavam ou quando novas chegavam. Depois de um ano, era como se a eliminação seletiva nunca tivesse acontecido. Ainda assim, havia diferenças. O General já tinha entrado em ação, o cadáver do presidente apodrecia em uma vala qualquer, e um bando de milicianos armados mantinha a ordem em locais públicos, impondo toques de recolher que encurtavam as caminhadas de Samuel e faziam com que as pessoas vivessem com medo.

Foi nesse período que Samuel viu Meria pela primeira vez. Ela estava entre um grupo que vivia sentado ao redor de uma mesa de madeira quebrada num bar clandestino em um dos becos por onde ele passava. Estavam lá quase todas as noites, geralmente umas cinco pessoas, e foi o lugar onde ficavam que fez com que Samuel reparasse neles. A maior parte das pessoas se sentava a mesas na calçada no frescor da noite, procurando conhecidos, conversando com quem passava. Mas esse grupo se sentava do lado de dentro, não demonstrava interesse por nada além de sua mesa e de si mesmos. Ele ficou imaginando o que os prendia àquele lugar, que segredos guardavam que não podiam ser divididos com outras pessoas.

Depois de um tempo, começou a reconhecer integrantes individuais do grupo. Três eram homens. Um homem alto e grande com ombros largos; outro mais jovem, com os ombros encurvados; e um terceiro com entradas no cabelo que faziam sua testa ser grande e reluzente. O homem meio corcunda sempre se sentava ao lado de uma mulher com cabelo black power, coisa que Samuel não apreciava, então passou a não gostar da mulher também. Meria tinha o cabelo raspado, o que destacava o tom escuro do rosto. No começo, ele achou que ela fosse imigrante, de tão retinta que era, mas, quando se aproximou e viu melhor seus olhos, percebeu que não. Enquanto as outras mulheres usavam vestidos e bijuterias, Meria vestia calça e nenhum adorno. Ela se debruçava por cima da cerveja, parecia brava o tempo todo. Quando falava, costumava apontar com o dedo. Inclinava a cabeça um pouco quando escutava.

Certa noite, Samuel entrou no bar clandestino e pediu uma cerveja. Ele se sentou a uma mesinha próxima ao grupo, de costas para eles. Falavam em tom baixo, mas seus anos como ladrão lhe haviam ensinado a escutar bem. O que ouviu o deixou decepcionado. Os sussurros agitados deles eram a respeito do Ditador, sobre opressão, liberdade de expressão, todas as coisas que ele ouvia com tanta frequência nos encontros que frequentava com o pai.

— Nossos inimigos — dizia Meria — são os aproveitadores políticos, os homens que enganam e trapaceiam, que aceitam suborno. São as pessoas que não passam de ministros do desperdício, que gastam dinheiro para se autopromover, para promover o país aos olhos do estrangeiro, sem se importar nem um pouco com as pessoas que passam fome. Precisamos é de uma nova ordem. Aqueles que aceitam propina e cometem estelionato e que são corruptos de qualquer maneira têm que ser mortos. Precisam ser executados em praça pública, precisam ser erradicados. Esse, e nada mais, é o objetivo da Facção Popular. Nosso objetivo é matar.

Apesar de seus pontos de vista, Samuel se sentiu atraído por Meria de um jeito que nunca tinha se sentido em relação às várias namoradas que havia tido pela cidade. Garotas com quem ele tinha ido para a cama em troca de presentes, ou por tão pouco quanto um drinque, garotas que gostavam de homens com dinheiro e não se importavam de onde esse dinheiro tinha vindo. As mesmas garotas que, se por acaso cruzasse com elas em suas caminhadas, olhavam para o terno desbotado e os sapatos remendados dele com nojo, fingindo não o conhecer.

Tornou-se um hábito de Samuel ir ao bar clandestino, passar uma hora bebericando uma cerveja, escutando ao lado do grupo. Às vezes, os olhos de Meria recaíam sobre ele e ela olhava feio, cochichando para os companheiros, até que um dia ela se levantou e disse:

— Olha, Terninho, você é espião ou não? Pode prender a gente se é isso que vai fazer, se não, cai fora.

— Não — disse ele. — Eu não sou espião.

— Então, é o quê? O que você quer?

— Eu gosto de escutar. Só isso. É interessante.

Um dos outros, o homem de ombros largos que Samuel descobriu ser Big Ro, aproximou-se e apertou a mão dele, convidou-o para se juntar a eles.

— Você vai mesmo deixar um homem vestido assim se sentar com a gente? — perguntou Meria.

Big Ro deu uma risada e puxou uma cadeira para Samuel.

— Não ligue para a Meria — disse ele. — Ela demora um pouco para se acostumar com gente nova.

Os outros foram bem acolhedores, perguntaram o nome dele, de onde ele era. A moça com o cabelo black power era Keda; o namorado dela, com os ombros encurvados, Selo.

— Keda e eu somos do sudoeste — afirmou ele. — Somos agricultores. A gente fala engraçado, a gente sabe, temos sotaque, como Ro gosta de nos lembrar. Mas, para nós, vocês, o pessoal da cidade, são os que têm sotaque pesado. — Ele deu uma risada. — Às vezes, é fácil esquecer que somos do mesmo país.

— Antes eu era do interior — falou Samuel. — Fomos obrigados a ir embora. Por que vocês foram embora?

— Não tivemos tanto azar quanto você — disse Keda. — Viemos para a cidade por escolha própria. Estamos aqui faz oito meses e, no começo, nós dormíamos na rua, tínhamos que fazer coisas horríveis para sobreviver. Mas daí a Facção

Popular nos encontrou e nos ajudou. Agora fazemos parte do movimento e ajudamos por gratidão.

— Você já foi a algum encontro da Facção? — perguntou Juma, o homem com as entradas no cabelo.

— Eu nunca nem tinha ouvido falar deles até conhecer vocês. Pensei que todos os partidos de oposição tinham sido proibidos.

— Proibir alguma coisa não faz com que ela desapareça.

— Verdade.

— Mas você não concorda com a ideia de lutar contra a tirania? Você apoia o Ditador? — perguntou Big Ro.

— Não, não estou dizendo isso. Eu sei bem como é estar na oposição. Meu pai lutou pela independência.

— Que ótimo — disse Juma. — E você? Também lutou?

— Não, eu era novo demais.

Meria bateu a mão na mesa.

— Só faz alguns anos. Você devia ser adolescente na época. Tinha idade suficiente, caso acreditasse na causa. Se você for um covarde, pelo menos seja honesto.

— Meria — disse Ro.

— Não tenho tempo para covardes — retrucou ela.

Depois dessa conversa, Samuel foi caminhar com eles. Ele se lembrava bem daquela caminhada. Era tarde da noite, as ruas estavam cheias de trânsito, as barraquinhas começavam a ser desmontadas antes do toque de recolher. Um soldado tinha saído de uma porta, olhou para trás ao se despedir de alguém. Sem ver aonde estava indo, deu um esbarrão em Samuel.

— Olha por onde anda, moleque — tinha dito, e depois:

— Não sabe pedir desculpas, moleque? Não vai me pedir desculpas?

— Sinto muito, senhor — disse ele.

— Pode ter certeza que sim, moleque.

O homem seguiu o caminho dele, passando as mãos de cima para baixo na frente da camisa e nas mangas, como que para remover vestígios de Samuel.

Os outros haviam seguido o passo, mas Meria esperou por Samuel. Ele se sentiu corar e demorou um momento para escolher um palavrão que pudesse usar para descrever o sujeito, quase estendendo a mão para pegar na dela. Mas então ela disse:

— Ah, Terninho, agora eu percebi. Você é durão de verdade. Você luta por aquilo em que acredita.

Ele baixou a mão, se inclinou para trás, virou à esquerda para dentro de um beco sem dizer nenhuma palavra de despedida.

A colisão com o soldado não tinha causado qualquer ferimento, sequer um hematoma, mas Samuel cuidou do braço como se tivesse havido. Ele fez uma tipoia com um pedaço de pano, mantendo o braço em um triângulo rígido. Quando perguntavam a ele, dizia às pessoas que havia levado um tombo ou que tinha sido atingido por um mototáxi. Ele evitou o bar clandestino e o grupo; em vez disso, passou a caminhar pelas ruas de maneira obsessiva mais uma vez. Estava atrás do soldado. Lembrava-se do rosto do homem: bigode, dentes pequenos e um salpicado de pintas pretas embaixo de cada olho, de modo que, à primeira vista, parecia doente. Samuel imaginava encontrá-lo. Imaginava como andaria na direção dele, enchendo a calçada toda, recusando-se a se mexer, de modo que o soldado seria obrigado a dar um passo para o lado, a caminhar na rua. Ou então correria na direção dele para atingi-lo com tanta força que o derrubaria no chão.

Várias vezes ele o viu, e várias vezes ele caminhou na direção dele, pronto. Mas ele sempre se movia para o lado antes da colisão, se afastava, desejando ter coragem de pegar a cabeça do soldado e bater contra o chão, mas ciente de que não tinha.

Na medida em que seus fracassos aumentaram, Samuel removeu a tipoia do braço. Desistiu das suas buscas, retornou ao bar. Meria deu um sorriso sarcástico quando o viu.

— Está de volta, Terninho. Ouvimos dizer que você se feriu. Venha, sente aqui. Por que não nos mostra suas cicatrizes horríveis?

Certa tarde, vários meses depois, começou a chover muito forte, como costumava acontecer naquela época do ano. Samuel estava na rua, a caminho do bar clandestino. Não carregava um guarda-chuva e correu na direção da loja mais próxima para se proteger. A cabeça dele estava baixa quando entrou, murmurou um agradecimento à pessoa que segurou a porta aberta para ele. Quando ergueu os olhos, já era tarde demais. O soldado já corria para o outro lado da rua com um jornal dobrado por cima da cabeça.

*

Na sala, Samuel baixou os olhos para onde o homem estava deitado no sofá. Fez mira para atirar mais uma vez, lembrando-se da ânsia que tinha de humilhar alguém, de esmagar a cara da pessoa, fazer com que se encolhesse de medo.

Saiu às pressas do casebre, a tontura do dia anterior voltando ao passar pela porta. Samuel apoiou a mão na árvore curvada ao lado dos degraus da torre e tentou recuperar o fôlego. Ao puxar a gola da camisa, se lembrou mais uma vez do homem passando o dedo em riste pela garganta: só que, dessa vez, o dedo rompeu a pele escura, abrindo um talho que fez a cabeça cair para trás, boquiaberta em um buraco. Ele cuspiu, apalpou seu caminho até os degraus de pedra, sentou-se e forçou a cabeça para cima. A brisa o atingiu; as ondas quebravam suavemente na praia; lá em cima, as gaivotas grasnavam. Samuel se assustou com o som e, em seu delírio, aquilo chegou a ele como o choro de um bebê. Ficou imaginando se seria Lesi, ali na ilha. Será que a criança morta retornava a ele?

Samuel só tinha ido para a cama com Meria algumas vezes, sempre com pressa, sempre no escuro. Sempre em segredo.

— Nem pense em contar a alguém a respeito disso — tinha dito ela. — Não ouse, porra.

Mas tinha sido a ele que ela havia recorrido quando ficou grávida e disse:

— É seu.

Porém, ambos sabiam que havia outros homens. Ele não mencionou nada. Não com Meria daquele jeito, apequenada pelo medo.

— Não se preocupe com nada — tinha dito Samuel. — Vai ficar tudo bem. — Ele a abraçou, sentiu-a relaxar contra ele, com a cabeça em seu ombro. Ele se inclinou um pouco e beijou a testa dela. — Eu vou cuidar de você. Serei um bom marido. Seremos, juntos, uma família; o resto não importa agora.

Aquilo rompeu a ternura e ela se desvencilhou dele.

— Caramba, logo você dizer isso. Um homem como você. A porra de um homem como você aceitaria o filho de outro homem e iria querer se casar com uma mulher que não suporta essa criança.

O pai de Samuel se deliciou com a notícia. Ter um neto nascido na independência tinha sido seu maior desejo. Ele não falava de quase mais nada quando Meria fazia uma visita, olhando ansiosamente para a barriga que se avolumava.

Meria estava menos animada. Ela nunca passava mais do que dez minutos no apartamento de um cômodo, recusava-se a comer ou a beber qualquer coisa. Ela desdenhava da família dele com sua pobreza e mendicância. Das pernas atrofiadas do pai. Da maneira como a irmã se derretia para cima dos militares e, segundo os boatos, agora que Cachorro era soldado, tinha se envolvido com ele. Mais do que tudo, ela se achava superior ao fato de que eles haviam assumido o negócio dos vizinhos que tinham sofrido eliminação seletiva. Mas, em vez de confeccionarem criaturas de contas e arame, faziam pequenas bandeiras nacionais, silhuetas do mapa do país, homenzinhos de uniforme. Expandir para outras cores e formas não era possível. Não quando aquilo poderia ser mal interpretado e associado com partidos de oposição: partidos que tinham sido banidos, caçados, exterminados. Então, usavam verde e vermelho, além do tom cáqui sem graça dos militares.

Às vezes, a caminho dos encontros, Samuel e seus novos amigos podiam cruzar com Mary Martha no lugar onde ela se acomodava na calçada vendendo esses itens. Meria a ignorava e seguia em frente com o grupo, mas uma vez Samuel parou para conversar.

— Oi, como estão as coisas hoje? — perguntou ele.

— Não ponha esses seus sapatos sujos na manta.

— Desculpa. — Ele deu um passo atrás, baixou os olhos para o lugar onde ela estava sentada, encurvada, mastigando um pedaço de plástico. — Por que você não vem com a gente? Acho que você vai gostar. Os encontros são muito interessantes.

— Ah, sim, tenho certeza de que deve ser muito interessante passar o tempo falando sobre como vocês vão salvar o mundo enquanto o resto de nós tenta ganhar dinheiro suficiente para comprar comida para alimentar vocês.

— Não fale assim. Não é assim.

— Não é?

Samuel se ajoelhou, pegou um soldado de arame e contas.

— Este está bonito. Quem fez?

— Quem você acha? O pai, lógico.

— Está bonito.

Ela tirou uma sujeirinha da manta, jogou para longe.

— Você se lembra dos brinquedos que ele entalhava para nós quando morávamos no vale?

— Não.

— Ah, fala sério, você tem que lembrar. Eram maravilhosos. O leão, e aquele elefante?

— Eu disse que não. Eu era bebê. Não me lembro daquele lugar.

Samuel pousou o soldado.

— Me diz uma coisa, você tem visto Cachorro?

— Não comece com isso. Eu tenho dezesseis anos. Posso fazer o que quiser.

— Só estou perguntando. Ele era meu amigo, você sabe.

— Eu sei o que ele era para você antes e sei o que ele é para você agora. A sua vida deve ser bem legal, julgando todo mundo, fazendo o que você bem entende, sem ter nenhuma responsabilidade.

— Eu tenho responsabilidades. Sou responsável por este país...

— Caramba, Samuel, não quero saber dessa merda. Cai fora, tá bom? Vai embora para o seu encontro e me deixa em paz.

Quando Meria visitava o apartamento, ela observava os pais dele trabalhando, observava a mãe dele sorrindo, apertando os olhos para enxergar com a luz fraca.

— Nós não tínhamos dinheiro para mandar nossos filhos para a escola — disse a mãe de Samuel. — Mas o seu filho vai ter mais oportunidades. Nós vamos nos esforçar para que isso aconteça. Ele vai saber ler e escrever. Vai ser um homem com educação e vai conseguir um bom trabalho. Talvez no banco.

O pai de Samuel assentiu:

— Ah, sim, e ele vai ter um nome que combina com a boa sorte dele. Liberto ou Independente. Algo assim, de modo que, cada vez que ele falar o nome dele, vai fazer isso com orgulho, ciente daquilo pelo qual o avô dele lutou, ciente de que eu lhe dei a dádiva da liberdade da escravidão.

Isso foi a gota d'água para Meria.

— Onde está a sua liberdade? O que a independência trouxe para você? A sua geração nos trouxe fracasso, nada mais. Deviam ter feito as coisas direito. Deviam ter destruído tudo, começado do zero e não simplesmente tentado repetir o que tínhamos antes. Uma elite corrupta escravizando os pobres. Os pobres têm que se levantar, isso sim. Só aí você vai ser livre, só assim. Não nessa existência de se arrastar e se arrastar e ficar dizendo para si mesmo que quase morreu por isso. Isso não é liberdade, e nenhum filho meu vai ser ensinado a pensar que esta prisão de exploração é qualquer coisa além disso.

O pai de Samuel pestanejou, estupefato.

— Você é muito cheia de raiva, moça. Se não tomar cuidado, a criança vai nascer com o coração amargo.

— Melhor ter coração amargo do que as ideias de um imbecil.

No entanto, Meria logo foi forçada a ir morar com a família de Samuel. Antes, ela trabalhava para uma agência, traduzindo notícias internacionais do inglês, que então eram vendidas para os jornais locais. Mas, com cada vez mais censura e a paranoia crescente, a maior parte das notícias internacionais não podia ser divulgada. A agência fechou. Sem emprego, Meria não tinha mais dinheiro para pagar o aluguel do apartamento onde morava.

Meria era uma mulher expressiva, que nunca teve medo de dar sua opinião nem de criticar. No entanto, tinha passado a ser quieta. Batia os dedos com irritação quando os outros falavam. Virava meia cerveja ou tragava o cigarro com força, como se para se impedir de falar. Olhava feio para o grupo quando se encontravam. Talvez fosse pior à noite. Uma vez, Samuel acordou e a encontrou sentada ao lado dele com os joelhos puxados até o pescoço, fumando, observando-o com olhos semicerrados.

— O que foi?

— Você fala enquanto dorme, sabia?

— Desculpa. Não estou deixando você dormir?

— Não.

— O que foi que eu disse?

— Nada.

Também brigaram na ocasião. A respeito de comida. De como ela não comia. Ela culpou os enjoos matinais, depois a comida que a mãe dele preparava. Disse que não servia nem para alimentar animais. Havia dias seguidos em que ela não comia absolutamente nada, outros em que mastigava apenas uma garfada durante uma refeição inteira.

— Você tem que comer — disse Samuel, empurrando o prato na direção dela. Então, para assustá-la: — Quer que o bebê morra?

— Será que seria tão ruim assim?

Mais tarde, quando as contrações começaram e a bolsa estourou, ela agarrou a mão dele e disse:

— Não posso permitir que esta criança tenha um pai como você, Samuel. Você vai ter que se provar. Vai ter que ser mais do que isso.

— Como? Não sei o que você quer de mim. O que eu posso fazer?

— Você tem que fazer o juramento. Precisa se juntar a nós oficialmente.

Samuel não teve oportunidade de responder. Foi retirado às pressas da sala pela mãe dele e uma vizinha, e precisou ficar esperando na rua até o final do parto.

Era o menor bebê que ele tinha visto na vida. Pequeno e com uma cor amarela estranha. Os pequenos punhos estavam apertados; os olhos, fechados. Ele o segurou no colo um pouco, sentiu seu cheiro, sentiu a fragilidade minúscula de seu corpo. Ele então entendeu o que o pai queria dizer quando falava de liberdade. Como era importante, o que significaria para aquela coisinha. E ele disse:

— Sim, eu faço. Eu faço o juramento.

Estava ali sentado, com Lesi no colo enquanto Meria dormia, quando Juma chegou. Samuel achou que ele tinha vindo para ver o bebê, mas, em vez de lhe dar os parabéns, Juma falou em sussurros e chamou Samuel para fora. Um corpo tinha sido encontrado. Samuel precisava acompanhá-lo.

Samuel seguiu Juma até uma obra abandonada. Havia muitos terrenos assim pela cidade, projetos iniciados sob o governo colonial e depois esquecidos quando veio a independência. Mas esse não era um daqueles lugares: devia ter sido um orfanato grande, construído por ordem do primeiro presidente, provavelmente para abrigar crianças que tinham perdido os pais durante a luta pela independência. O presidente seria o pai deles; a pátria, sua mãe. Uma grande cerimônia havia sido organizada para marcar o início da construção, com distribuição de bolo para as crianças em situação de rua, e uma faixa foi estendida no local com o rosto sorridente do presidente de braços abertos. No entanto, pouco tempo depois, as obras foram suspensas. Falava-se de desvio de verbas, do novo governo ter quebrado. Além das fundações escavadas e algumas vigas de cimento erguidas, nada mais tinha sido feito. Logo o lugar se transformou em um depósito de entulho para a vizinhança. Quando Samuel foi chamado para ir até lá, talvez um terço da área estivesse cheio de entulho, embora, a depender das chuvas, parecesse ser mais. Ratazanas viviam em meio ao lixo, assim como mosquitos e gatos selvagens.

Quando Samuel chegou, um homem que ele conhecia apenas por Jakes estava à espera deles. Ele era quem tinha encontrado o corpo. Estava com as costas voltadas para o buraco, com a camiseta puxada para cobrir o nariz e a boca. Ao lado dele havia uma poça de vômito fresco. O fedor do lugar era horrível, e Samuel levou o antebraço ao nariz quando se aproximou. Estavam no auge do verão; o calor tinha feito apodrecer o lixo na água quente. Uma nuvem de mosquinhas pairava por cima de tudo.

Samuel olhou para onde Juma apontava. Big Ro estava estirado, nu, com o torso voltado para cima, um braço atrás de si, o outro na lateral, hematomas bem visíveis. Seu rosto tinha sido desfigurado a pancadas, mas Samuel o reconheceu pelo pé esquerdo: todas as unhas tinham ficado pretas e caído depois que um soldado passou por cima do pé dele com uma motocicleta um mês antes. O pé não havia sido tocado durante o interrogatório e, no entanto, era brutal, repugnante, mais ainda do que a bagunça onde o rosto dele tinha estado.

— Foi descartado à noite — disse Jakes, com a boca se movendo por baixo da camiseta, de modo que Samuel demorou um momento para entender o que ele estava dizendo.

— O que você acha, Sam? — perguntou Juma.

— É ele.

— É, mas como a gente vai tirar ele daqui?

— Vai ter que ser à noite, senão a polícia... — disse Jakes.

— Não. Não vai ter como. Não no escuro. É perigoso demais. Tem o toque de recolher, e as patrulhas. Este lugar é patrulhado todas as noites. Você quer que todos nós terminemos assim? — questionou Juma.

— Vamos queimar?

— Com essa água toda?

No fim, pegaram uma carroça emprestada do tio de Jakes que tinha uma barraca de verduras na feira. Uma das rodas puxava para a direita, a outra rangia, mas serviu. Foram empurrando pelas ruas, juntando lixo das casas vizinhas, das favelas, das barraquinhas, das calçadas. Quando o carrinho estava cheio, foram até o local, pegaram uma vara e puxaram o corpo para mais perto antes de jogar o conteúdo da carroça por cima dele. Cinco vezes encheram a carroça e despejaram antes de se sentirem seguros de que o corpo não seria descoberto.

— Não é bem um enterro — disse Juma, fazendo o sinal da cruz.

— É mais do que muitos tiveram — retrucou Samuel.

Ele enxugou a testa, cobriu a boca. Em algum lugar das reentrâncias de seus dedos, o cheiro de bebê recém-nascido ainda permanecia.

Ele se afastou do casebre, atravessando o capim amarelo da elevação de terra, primeiramente pensando em ir até onde as ondas quebravam, para inspecionar a mureta de pedra que tinha desabado. Mas, em vez disso, subiu, acompanhando a inclinação que se estreitava na direção da ponta leste da ilha. Ia se erguendo na medida em que afinava, formando um pequeno pico na parte mais distante. Ali, em algum momento, alguém havia erguido um marco atarracado: um pequeno pilar de cimento que tinha tido no topo uma cruz de metal, ou algo do tipo, mas onde só restava a haste vertical. Samuel levou a mão até o mastro enferrujado e se segurou nele ao observar lá embaixo a pequena praia do leste que ele raramente visitava.

As ondas eram suaves; a maré, baixa. Ele enxergava as piscinas de água nas pedras, algas, os pequenos encaracolados das conchas. Mas havia algo mais. Samuel cobriu os olhos com a mão e disse a si mesmo que era uma foca, que não podia ser nada mais que isso, embora soubesse, embora tivesse identificado com muita facilidade, que era uma pessoa.

Por um instante, ele pensou em voltar ao casebre, chamar o homem para ajudá-lo a resgatar o corpo. Por que não, afinal de contas? Por que não, se o homem era jovem e forte? Ele olhou para trás, para o outro lado da ilha. O casebre estava um pouco longe. A porta da frente estava aberta e Samuel se perguntou se ele mesmo a tinha deixado assim. Ou teria sido o homem? Será que havia se levantado e saído do casebre? Será que estava vagando pela ilha à procura de Samuel? Mais uma vez, se lembrou do dedo, do arroubo de medo no escuro.

A baía lá embaixo era difícil de alcançar, uma descida árdua, íngreme e pedregosa. O homem não pensaria em procurar lá, não saberia nem da sua existência. Seria um bom lugar para Samuel se esconder.

Ela estava deitada de barriga para cima, com o vestido por cima do quadril. Estava sem calcinha. Samuel puxou o vestido para baixo antes de fazer qualquer outra coisa. Os olhos estavam abertos, assim como a garganta. Havia um talho aberto no lugar onde tinha sido cortada. A noite toda, a manhã toda, aquele dedo passando pela garganta, e ali estava a linha, tão limpa quanto um talho na carne na vitrine de um açougue.

Ele se inclinou um pouco e olhou no rosto da mulher. O cabelo dela estava trançado rente ao couro cabeludo, as orelhas se destacavam um pouco. Tinha bochechas parecidas com as do homem, o mesmo maxilar estreito e a boca larga. Será que os dois tinham vindo do barco que ele havia visto no celular de Winston? Provavelmente. Mas por que um homem que estava se afogando perderia tempo cortando a garganta de uma mulher? Talvez ele tivesse ido ao quarto de Samuel na noite anterior para lhe dizer isso. Não tinha sido uma ameaça, tinha sido uma confissão: ele havia matado uma mulher e fugido. Ele não era refugiado coisa nenhuma. Era fugitivo. Não era para menos que não queria ser levado para o continente.

O que o homem faria se descobrisse que Samuel estava com o corpo? Ele era um assassino. Já tinha tentado se livrar de Samuel. Já tinha dado uma rasteira nele, já tinha começado a se apoderar do casebre. Ele poderia fazer qualquer outra coisa, qualquer coisa mesmo, se soubesse que Samuel havia encontrado o corpo. Mas levaria tempo para enterrar a mulher, um tempo que Samuel não tinha. Não se o desconhecido tivesse se levantado, se estivesse de fato andando pela ilha atrás dele.

A praia do leste tinha um aglomerado de árvores baixas que cresciam no lado sombreado da encosta do pico. Dentro desse aglomerado havia uma antiga cabana de pedra, quase totalmente escondida de vista. Não havia trilha que levasse até lá, nada para marcar sua presença. Quando tinha chegado à ilha, Samuel não saberia de sua existência se seu antecessor não tivesse mostrado a ele. Estavam no marco e Joseph tinha dito:

— Havia uma ruína ali, sabe? Faz anos que não vou lá. Talvez tenha desabado e não exista mais.

— O que é?

— Algum tipo de fortificação, suponho que de uma guerra ou outra.

— Que guerra?

— Ah, sabe como é, uma dessas que os colonizadores lutaram por causa de terra e escravizados. Algo assim.

Samuel havia descido, aberto caminho pelo mato até chegar às ruínas da cabana. As paredes tinham desabado, metade do telhado tinha cedido. No interior, havia caixotes de madeira podres, garrafas vazias, latas enferrujadas. Palavras e imagens pretas, rabiscadas a carvão, cobriam as paredes.

Mais tarde, quando a ilha passou a ser dele, ele limpou os arbustos e as ervas daninhas ao redor da cabana, removeu o lixo, ajeitou as pedras soltas em pilhas. Varreu todo o cocô, as penas e os ninhos abandonados das aves. Na terra, encontrou vários cartuchos de rifle vazios, uma moeda que não reconheceu e o casco de uma tartaruga. Em todos os anos que tinha passado na ilha, aquele havia sido o único sinal de uma tartaruga que ele tinha visto. Ficou imaginando se aquela tinha sido comida por contrabandistas e marinheiros, ou se tinha sido bicho de estimação para os escravagistas que haviam navegado por aquelas águas no passado, deixada para trás para viver sozinha na ilha e morrer ali, esquecida.

A mulher era magra. Mais baixa do que o homem, e também mais leve. Samuel agarrou suas canelas e puxou o corpo pela areia molhada. O vestido dela foi para cima do quadril mais uma vez. Ele desviou os olhos e continuou puxando. Era mais fácil movê-la do que o homem, foi rápido e sem complicação subir com ela pela praia. Só quando ele chegou à encosta sem trilha até o aglomerado de árvores foi que ficou mais difícil. Foi preciso abrir caminho andando de ré em meio aos arbustos altos que espetavam. Ele avançava aos solavancos pela superfície irregular enquanto o mato despontava por entre as coxas nuas dela.

Fazia muitos anos que ele não ia à cabana e a encontrou tomada pelo mato; a entrada estava bloqueada por um arbusto de espinhos bem grande. Samuel primeiro teve que largar a mulher e tomou o cuidado de puxar o vestido para baixo das coxas. O polegar dele roçou contra a pele e ele gaguejou um pedido de desculpas. Um passarinho marrom observava do alto da cabana, mas saiu voando quando ele se abaixou e colocou a mão no tronco do arbusto, fazendo farfalhar os galhos do alto com suas folhas cinzentas rígidas. Só havia uma camada de terra sobre o piso de pedra, de modo que as raízes eram superficiais, bem espalhadas. Soltaram-se com facilidade.

Ele apoiou o arbusto contra a parede exterior e entrou na cabana. Em alguns pontos, onde uma boa quantidade de areia havia se acumulado ou onde o cimento tinha se desgastado, alguns arbustos cresciam. Eram menores do que o da porta, atrofiados pelo interior escuro. Fora isso, estava bem do jeito como ele tinha deixado. As pedras empilhadas, o telhado desabando, o casco de tartaruga no chão, virado para cima. Ele o pegou. Algumas das placas estavam faltando; a parte de dentro estava marrom de terra. Ele assoprou, limpou com a manga, então colocou em cima das pilhas de pedra.

Ele retornou à mulher e puxou-a pela porta, até uma parte da cabana onde as paredes e o telhado ainda estavam intactos. Então ajeitou o corpo, fechou os olhos dela com os dedos desajeitados. Ficou imaginando por um momento se devia fazer uma oração, apesar de nunca ter rezado pelos cadáveres de antes.

Não lhe agradava a ideia de abandoná-la tão rápido, e ele se agachou, desequilibrado, ao lado dela, desejando ter um lenço ou algo assim para amarrar no pescoço dela e fechar a ferida. Pensou no que faria em seguida: cobri-la com pedras. Lembrou-se mais uma vez do enterro de Big Ro, do fedor daquilo. Dois assassinatos. Dois assassinatos, e Samuel, o coveiro de ambos. O que ele tinha feito, o que poderia ter feito em relação a qualquer um deles? Sentiu a resposta se erguer em seu peito. Essas lembranças que o perseguiam, que o possuíam. Essas lembranças, e uma palavra, apenas uma que se movia dentro dele, acomodava-se em sua língua, esperando até ser dita em voz alta. Ele virou o rosto para a mulher, abaixou-se, disse:

— Violência.

Depois do assassinato de Big Ro, o grupo se envolveu mais com a Facção Popular. Se antes tinham se mantido em sua órbita, quase sempre só colocando banca, passaram a ser fervorosos em sua associação. Iam aos encontros regularmente, trocavam brochuras entre si, lendo teorias a respeito de como criar um mundo e uma vida melhor. Recitavam trechos dos textos, discutiam seu teor. Nos encontros, erguiam-se, discursavam.

— Violência! Essa é a resposta. Quando nós, todas as pessoas, concordarmos com o uso de violência, quando tivermos educado todos os demais a respeito de sua necessidade, é aí que começaremos a triunfar. Não estaremos mais sob o jugo de ninguém. Não seremos mais dominados por ninguém — disse Selo.

Meria concordou, apontando com um cigarro enquanto falava.

— O sangue será o nosso cimento. Com ele, construiremos uma nova nação. Uma nação forte. Tantos de nós vivemos nas sombras, sempre nos sentindo inúteis. Só quando lutarmos e derramarmos sangue é que o poder finalmente será nosso.

Exigiram saber o que Samuel pensava, pressionaram para que ele compartilhasse seus pontos de vista.

— Vai empunhar sua arma? — perguntaram. — Vai tomar parte da violência e lutar conosco?

— O Movimento de Independência não se fiava em violência e foi bem-sucedido — disse ele.

— Foi bem-sucedido? — questionou Meria.

— Foi.

— Por acaso não foi a violência que deixou o seu pai paralisado? Violência tem que ser respondida com violência. Talvez, se ele soubesse disso na época, não teria sido um fardo tão grande para a família dele agora. Se ele tivesse tido coragem de lutar...

Certa noite, pouco após o nascimento de Lesi, Samuel se vestiu com uma camiseta cinza e um short folgado. Saiu descalço. Removeu a corrente de ouro do pescoço e tirou o relógio de pulso de que tanto se orgulhava. Permitiu que Meria colocasse uma venda nele e depois o guiasse pelas ruas silenciosas à meia-noite, onde escutou o ronco de um motor de carro. Ele sabia que as luzes estariam apagadas, que não haveria nenhuma conversa: nada para alertar os soldados de sua presença. Foi auxiliado por dois pares de braços a se sentar no banco de trás. Como o carro já estava cheio, teve que se encarapitar em cima das coxas de outro homem e colocou a cabeça para fora da janela.

O carro era de Juma. Ele reconheceu a tosse do motor, a maneira como o assento traseiro sacudia quando passava em buracos. Estimou que houvesse cinco ou seis pessoas no banco de trás, dois no assento do carona. Escutava a respiração tensa dos outros, pigarros desajeitados. Na frente, o motorista arrotou e, mesmo com a cabeça para fora, Samuel sentiu o cheiro de cebola e carne no bafo de Juma. Ele teve que jejuar durante dois dias antes do juramento, então estava com fome e com a boca seca.

A viagem parecia longa. Ele sabia que seria, que seriam levados para longe, para fora da cidade. Quando o carro finalmente parou, Samuel estava com câimbra nas pernas, suando e enjoadíssimo de tanta fome e da viagem aos solavancos. Alguém o conduziu para fora do carro e fez com que ele caminhasse em meio a capim alto e molhado; o som dos insetos noturnos era ruidoso. Então a venda foi removida e ele piscou para a escuridão que logo revelou a presença de outros homens e mulheres que também piscavam. Havia uma dúzia deles, talvez mais. Uma mulher que Samuel não conhecia estava parada na frente dele com uma tocha acesa na mão. Selo caminhava entre o semicírculo de novatos e ia entregando um pedaço de pau a cada um deles. Um a um, foram convidados a se aproximar da mulher e acender sua tocha na dela. Depois, seguiram-na até uma pilha grande de terra embaixo de uma árvore. Cada um dos novatos pegou um punhado e então fizeram uma roda ao redor da pilha.

Levaram a terra até os lábios com a mão direita e colocaram um pouquinho na boca antes de engolir.

— O que é isso? — perguntou a mulher, apontando para a pilha.

Juntos, recitaram o juramento como tinham sido instruídos a fazer nos dias precedentes:

— Esta é a terra. Eu senti seu gosto. Está no meu sangue. Ela é o meu corpo e o meu corpo é ela. Faço meu juramento à terra sem medo. Se eu morrer, então retornarei à terra e voltarei a nascer. Faço meu juramento com sangue e com fogo, porque a terra é minha e eu sou a terra.

Na cabana de pedra da ilha, Samuel ficou inquieto com a lembrança. Ele era capaz de sentir a tocha em chamas na mão, o capim molhado nas pernas. Caminhou de um lado para o outro pisando firme. O corpo da mulher se mexeu um pouco com os passos pesados, e ele se virou para o outro lado porque não queria vê-la se mexer. Então, ele se ajoelhou e raspou a fina camada de terra no piso de pedra até ter uma quantidade pequena na mão. Levou até a boca. Lambeu com a língua seca e murmurou:

— A terra é minha. Eu sou a terra.

O vento soprava forte e o açoitava quando ele saiu da cabana, subindo devagar na direção do pico estreito. Quando chegou ao topo, parou para recobrar o fôlego. O capim seco roçava seus joelhos. O sol estava fraco; o céu, nublado. Choveria à tarde.

Lá embaixo, na praia do sul, algo se movia, escuro contra o cascalho e os pedregulhos. Era o homem. Ele tinha pegado um casaco e um gorro de lã da entrada e caminhava de um lado para o outro na praia, olhando para a areia. De vez em quando parava, cutucava alguma coisa com o pé ou se abaixava para pegar e examinar. Então passou para as piscinas de pedra e os pedregulhos, procurando por ali também.

Samuel ficou imaginando o que ele estava procurando. Tinha que ser o corpo da mulher, com certeza. A prova de seu crime. Mas assim, desse jeito? Como se seu cadáver não fosse nada mais do que um objeto caído do bolso?

O homem se levantou do lugar onde estava ajoelhado e observou as elevações de terra da ilha. Durante meio minuto, seu olhar repousou no marco atrás do qual Samuel se agachava. Então ele se afastou pela praia, para longe da água. Logo estava fora de vista, e Samuel teve que sair de trás do marco para olhar para baixo. Demorou um momento para encontrar o homem mais uma vez. Ele estava parado ao lado da mureta de pedra com as mãos encostadas nela. Então começou a retirar pedras, uma por uma, e erguê-las acima da cabeça, como se estivesse testando o peso.

O homem estava se preparando para matá-lo.

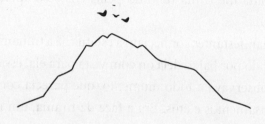

Samuel tinha se armado para o dia da manifestação. Sua arma era um taco de críquete velho que ele havia achado quando criança. Tinha marcas de tanto bater em pedras e na face havia uma rachadura comprida que ele tinha tentado consertar com fita adesiva. Ao lado dele, Meria carregava um cabo de vassoura; Keda, um pedaço de corda cheio de nós; enquanto Juma e Selo haviam pegado tacos de polo do lixo atrás do antigo clube colonial. Outros tinham chegado com ferramentas, tijolos e pedras, quaisquer restos de entulho que tivessem peso ou pontas afiadas.

O combinado era mirar na estátua na extremidade da praça. Tinha quatro metros e meio de altura, era esculpida em mármore preto e retratava a cabeça do Ditador na parte mais alta do torso. Os ombros e o chapéu de pontas haviam sido confeccionados em largura fora do comum para equilibrar a cabeça enorme.

Ainda assim, era uma versão idealizada dele: um homem mais jovem e mais magro. Porque ele era gordo e sua papada lhe tinha rendido pelas costas o apelido de sapo-boi.

Os manifestantes conheciam a estátua, já a tinham visto, caminhado por baixo dela ou com vista para ela, essa coisa que os observava a todo momento, que parecia conhecer seus pensamentos e atos. Era a face da tirania, um monstro que seguia seus passos, que os caçava, os sentenciava à morte. Havia então chegado a hora de esquecer os livros e os encontros e as palavras. A hora de agir. Derrubariam aquele busto, deitariam o monstro ao solo. Era hora da violência. Tudo o mais se seguiria.

— Derrubem! — gritavam. — Derrubem!

Naquela confusão, Samuel não era capaz de escutar a própria voz, de tão alto o barulho ao seu redor. Sua boca aberta parecia não emitir som. Mas ainda assim ele continuou, sentindo que todas as vozes se erguiam de seus próprios pulmões. Aquelas vozes que ocupavam tudo, elas representavam muito mais do que a Facção e seus integrantes. Certamente havia mais de um milhão de pessoas presentes. Certamente o país todo estava ali. Estavam todos ali, todas as pessoas, cada uma delas se manifestando para derrubar o Ditador.

O som de tiros de rifle vinha a distância, mas Samuel não ficou com medo. A manifestação não podia ser detida. Não essa onda de homens e mulheres a quem ninguém mais diria como viver. Eles tinham desistido do medo. Só conheciam a força.

Só depois, na primeira sala de interrogatório, foi que Samuel ficou sabendo que havia pouca gente na manifestação, pouco mais de duas mil pessoas. O evento mal tinha abalado a paz, e, apesar de centenas terem morrido e muitos outros terem sido presos, não tinha causado absolutamente nenhum impacto. Não havia nada noticiado em nível local, nada na mídia internacional. E, em pouco tempo, a manifestação se transformou em menos do que um mito, um boato quase esquecido, esmaecido demais para ser digno de menção.

Mas, na época, eles tinham se sentido invencíveis. Não sabiam que não passavam de mais do que um punhado de gente. Quando chegaram à estátua, o ataque foi frenético. Samuel foi com tudo com seu taco. Outros fizeram o mesmo com suas armas. O cabo de vassoura de Meria quebrou no meio, e ela começou a dar estocadas na gola da estátua com as farpas da ponta, berrando:

— Agora, agora, agora!

Pouco depois, o taco de Samuel se desfez em suas mãos, então ele o jogou de lado e atacou o rosto liso do Ditador, usando as reentrâncias dos lábios e do palato do queixo empoeirado para se erguer. Quando ele estava em cima do lábio superior, Samuel bateu na bochecha com os punhos nus. A peça iria cair. Ele iria se assegurar disso pessoalmente.

Alguns manifestantes se postaram no topo chato do chapéu, um deles se empoleirou no visor. De ambos os lados, havia gente pendurada no buraco das orelhas do Ditador, e, ao lado de Samuel, uma moça mordia uma das narinas. No chão, as pessoas agarravam para conseguir pegar a cabeça. Muitas estavam afastadas demais para conseguir tocar na estátua e tinham começado a arremessar coisas, sem pensar nas pessoas que podiam acertar. Jogavam garrafas e sapatos, chaves inglesas, frutas, cocô e pedras. Um dos homens que estava no chapéu foi atingido, caiu na multidão compacta e flutuou por cima das pessoas por vários momentos antes de repararem nele e o ajudarem a descer. Apesar de tudo isso, a estátua não cedeu.

De repente os soldados estavam em cima deles e as pessoas começaram a se dispersar. Tiros foram disparados. Os manifestantes foram atacados com porretes, espancados e pisoteados. Havia sangue no calçamento de pedra enquanto as pessoas caíam e berravam. Para Samuel, aquilo não parecia possível: não quando a cabeça ainda tinha que cair. Eles não seriam derrubados até que ela não estivesse mais lá. Àquela altura, ele tinha saído de perto dos lábios e tentava atingir um dos ombros com um machado que havia encontrado em algum lugar. Na praça, soldados arrebanhavam os manifestantes. De onde estava, Samuel enxergava o círculo de homens uniformizados, enxergava a mira firme e os tiros enquanto juntavam as pessoas em uma massa compacta até que não pudesse haver mais escapatória dos rifles e dos cassetetes. Mas Samuel não seria domado assim com tanta facilidade. Ele não permitiria que fosse.

— Não tenho medo de violência! — berrou ele, se jogando da estátua e caindo nas costas de um soldado. — A terra é minha!

O soldado desabou embaixo dele, e eles rolaram no chão, debatendo-se um contra o outro. Mas Samuel era mais forte, conseguiu se sentar em cima do peito do homem e prender os braços dele com os joelhos. Agarrou o soldado pelo pescoço e começou a estrangulá-lo, observando enquanto ele sufocava, enquanto seu rosto ia ficando vermelho e inchado. Por um instante, Samuel achou que fosse aquele mesmo soldado embaixo dele, o mesmo que o tinha humilhado por causa de um esbarrão. Ele apertou com força, esmagou até ter certeza de que algo iria ceder, vendo na ação a extinção do homem, mas não apenas dele, de todas as humilhações que ele tinha sofrido na vida, de todos os homens e mulheres que algum dia haviam zombado dele. Samuel sentia sua mente obscurecendo, seus pulmões se apertando de tanto esforço. O soldado morreria. Ele seria morto. Em algum lugar (seria ali perto ou uma lembrança?) ele ouviu um berro:

— Violência e sangue!

Ele pressionou os joelhos para baixo com força, segurou firme, até que os lábios do soldado começaram a ficar roxos, e a saliva começou a espumar nos cantos da sua boca.

Ele relaxou o apertão. Não era capaz de suportar aquilo: a expressão do soldado. Não era capaz de suportar ter aquilo à sua frente; não com a sensação do pescoço em suas mãos, não com a visão dos lábios dele se crispando, da espuma saindo da boca, não com a maneira como os dedos dele arranhavam as pernas de Samuel. Ele soltou e inclinou o corpo para trás, observando enquanto o soldado abria os olhos e arfava para recuperar o fôlego. Ele não tinha matado o homem. O homem viveu.

Samuel desceu na direção da ponta norte da elevação. Fez o caminho mais longo para que o homem não o visse, não pudesse adivinhar onde ele havia estado nem o que tinha escondido. Foi até o cais caindo aos pedaços. Uma sacola de compras de plástico estava agarrada a uma das estacas de madeira. Normalmente, Samuel teria ido até lá com um pedaço de pau para remover a sacola, mas naquele dia ele só ficou olhando para ela ali pendurada, molhada, onde não deveria estar. Parecia fazer um século desde a última vez que tinha estado ali. Um século em que ele tinha triplicado, quadruplicado de idade. Estava mais velho, muito velho; mais velho do que qualquer homem jamais tinha sido. O corpo doía, assim como seus ossos. Sua mente doía só de pensar em qualquer coisa que não fosse sua casa e sua cama. Ele não era capaz de capturar nada, tudo tinha se tornado intangível, um sonho. Não havia homem nenhum na ilha. Não havia ninguém além dele mesmo. Ele estava sozinho.

No entanto, ele sabia que isso não era verdade. Ele se fixou no homem mais uma vez em sua mente, forçou-se a se lembrar dele. A ameaça que ele representava. Será que Samuel seria capaz de evitar a morte por uma quinzena, manter-se vivo até o barco de suprimentos voltar, e então fugir para o ancoradouro, implorar para que o deixassem embarcar, apressando-os para que dessem a partida no motor, para partir, para correrem? A ilha, a torre, o casebre, a mureta e a horta. Tudo ficaria para trás, para ser tomado e dominado por aquele outro homem. A erva sufocante poderia tomar conta de tudo. Cobriria as construções, a horta, a terra. O perímetro de pedra desabaria na medida em que o mar avançasse, erodindo a ilha, levando tudo embora até não sobrar mais nada.

Ele não podia permitir que isso acontecesse. Ele não abriria mão de sua terra; ele não iria embora; ele jamais sairia da ilha. A terra era dele, sempre.

Quando retornou ao casebre, a porta da entrada continuava aberta. O vento estava ficando mais forte. Do lado de fora, o capim era soprado até encostar no chão. Dentro, as páginas das revistas viravam no lugar onde estavam na mesinha de centro e na estante de livros. Ele sabia que precisaria voltar à horta para se certificar de que as plantas estavam bem estacadas no lugar. Precisaria colher o que pudesse antes que o vento estragasse tudo, derrubando o alimento no chão, onde tudo ficaria amassado e prejudicado pela tempestade que estava por vir.

Será que haveria tempo para uma xícara de chá primeiro? Bem doce, porque ele não tinha mais energia depois de seus esforços. Uma fatia de pão, uma xícara de chá, depois lá para fora mais uma vez. Era isso que ele faria. Mas então escutou o som de água na cozinha, água escorrendo sem nenhuma consideração pela caixa-d'água de chuva e seu abastecimento limitado. Ele avançou e parou à porta quando viu a mesa forrada de legumes e verduras recém-lavados. O homem estava à pia, lavando mais. Havia água espalhada por tudo, na mesa, escurecendo o piso de cimento.

— O que está fazendo? — perguntou Samuel.

O homem ergueu os olhos e sorriu, acenou com a mão esquerda e espalhou mais água no piso, enquanto a água da torneira escorria e escorria.

Samuel avançou e fechou a torneira. Então pegou o pano de prato marrom esfiapado e começou a enxugar a pia. O homem falou em voz bem alta. Apontou para as verduras e os legumes na mesa, depois para si mesmo. Samuel estalou a língua. O homem tinha colhido demais. Nem tudo estava maduro o suficiente para ser colhido, uma parte podia ter ficado lá mais um ou dois dias, ele pensou, esquecendo-se da tempestade que se aproximava. O homem continuou a falar enquanto ele se ajoelhava para enxugar a água que havia caído no chão. Sem parar de falar, ele pegou a panela do armário e, com tanta desenvoltura como se o casebre e seu conteúdo lhe pertencessem, abriu a gaveta de talheres e pegou a faca.

Samuel já não pensou mais na ameaça de garganta cortada da noite anterior. Pensou apenas naquela palavra que ele tinha proferido na cabana de pedra: violência. Mas, dessa vez, ele proferia uma palavra totalmente diferente:

— Minha. — Ele se levantou de onde estava ajoelhado. E, mais uma vez: — Minha — disse ao arrancar a faca da mão do homem. — Minha, minha, minha!

O homem soltou um gritinho, levou ambas as mãos ao peito. Samuel empunhou a faca apontada para ele. O homem recuou pela sala e saiu porta afora com Samuel atrás dele. Quando ele cruzou o batente, Samuel bateu a porta com força e berrou:

— Fica fechada! De agora em diante, fica fechada!

Ele voltou para a cozinha e pegou a velha tábua de cortar. Começou a cortar os legumes de modo grosseiro, a cada fatia via a faca penetrando no corpo do homem, dando cabo dele.

Nas noites quando os sobrinhos dele trancavam a porta e impediam que ele entrasse, Samuel nem sempre ficava sentado no corredor esperando a irmã voltar. Com frequência, levava suas pernas cansadas de volta à cidade, caminhava pelas ruas como tinha feito tantos anos antes, depois da eliminação seletiva. Passava pelas antigas vizinhanças à procura dos lugares de sua juventude, lugares que pudesse reconhecer.

O cinema onde ele tinha recebido o apelido de Americano não existia mais. Em seu lugar erguia-se um posto de gasolina que ficava aberto vinte e quatro horas e tinha uma loja bem iluminada que vendia bebidas geladas e salgadinhos. Os atendentes usavam uniforme vermelho e amarelo e assobiavam enquanto enchiam os tanques, lavavam os vidros. Do outro lado da rua, havia um estacionamento; ao lado dele, em um trecho que antes tinha sido um parque público, outro prédio estava prestes a ser concluído. Samuel olhava para a altura da construção quando o vigia saiu de sua guarita e disse:

— Chique, não é mesmo?

— O que é?

— Vai ser um shopping center, sabe como é, tipo um complexo de lojas. Quatro dos andares têm lojas, um vai ser só para comida e restaurantes, coisas assim. Um vai ter um rinque e uma área de lazer, e um andar, o mais alto, vai ser para os VIPs, para todas as pessoas chiques que estacionam seus helicópteros no telhado.

— Helicópteros?

— A coisa toda está sendo construída por algum xeique do petróleo do Oriente Médio ou coisa assim. Quando estiver pronto, ele quer que seja todo pintado de dourado, por dentro e por fora. As pessoas vão ter que usar óculos escuros só para chegar perto.

— Mas e o parque?

— Ah, sim, é uma tristeza. Mas ainda sobrou um pequeno espaço. E isso aqui criou muitos empregos, sabe? É disso que o país precisa. E agora tem investidores, sabe como é. Agora que... bem, agora que a situação é diferente, do ponto de vista político, quer dizer, depois de tudo que aconteceu.

— É, entendo.

— Olha, você não está procurando emprego, está? Não quero ofender, quer dizer, é só que parece que pode estar procurando emprego, porque, sabe como é, eu posso fazer uma indicação se quiser. Vão precisar de faxineiros quando inaugurar.

— Aqui?

— Onde mais? — indagou o homem, dando uma risada, e, então, ao ver a maneira como Samuel olhava para o prédio, falou com gentileza: — Ei, cara, você é novo na cidade?

— Não, eu fui criado aqui perto, mas passei muito tempo longe.

— Ah — disse o homem, que então parou de sorrir. — Quer dizer que é um daqueles? Daqueles que estão sendo soltos?

— Sou. Foi o que eu quis dizer.

— Olha, cara, esse emprego, não acho... Quer dizer, não querem saber de confusão aqui. É um lugar chique. Não querem confusão nem problema nem nada disso.

— Não, eu compreendo.

— As coisas são diferentes agora. Não tem lugar para confusão, sabe? A gente só quer viver em paz. Não precisa começar nada. Está tudo bem agora.

— Não se preocupe. Não vai ter confusão nenhuma. Você foi gentil, mas não se preocupe, já vou andando. Obrigado.

Apesar dos anos passados, as favelas da cidade não tinham melhorado. Aliás, haviam crescido, se espalhado pelos bairros onde antes não existiam. Barracos enchiam as ruas, e não dava para identificar nada do que Samuel conhecia antes. O bloco de apartamentos onde ele tinha morado com a família estava coberto de pichações e havia perdido a maior parte das janelas. Entre os prédios e barracos, as passagens estavam entulhadas de lixo. Não dava para caminhar sem pisar na sujeira.

Samuel caminhava desconfortável em meio ao fedor e ao barulho. Embora tenha passado muitos anos longe, em sua imaginação tudo tinha permanecido inalterado. O filho dele era bebê; sua irmã, adolescente; a casa deles, a mesma; todos ainda estavam vivos. As ruas continuavam a ser perigosas nos lugares onde as pessoas se apressavam de um ponto a outro, com a cabeça baixa, com medo dos soldados. Mas esse lugar, a cidade, do modo que havia se transformado, não era nada parecido com o que ele conhecia. Não as motos nem os carros, mais carros do que ele jamais imaginaria ser possível; não as feiras e as barraquinhas noturnas, nem as pessoas que bebiam depois de escurecer. A liberdade veio para Samuel como algo que ele temia, e ele caminhava com cuidado, escutando, observando, esperando a qualquer momento encontrar um rifle contra seu rosto, receber a notícia de que tinha cometido uma ofensa. Ser devolvido ao Palácio, onde seria deixado para viver o resto de seus dias. Mas não havia soldados. Todos tinham ido embora. Não havia restrições.

Ainda assim, o Ditador não tinha ido embora totalmente. Ele permaneceu em outdoors enferrujados nas áreas mais carentes, com os cartazes tão desbotados e se enrugando com o passar do tempo, que só sobrava um contorno, um pedaço de papel. Mas Samuel se lembrava do que os outdoors tinham mostrado, o homem com seu rosto redondo e sorridente, suas expressões de amor paternal, de comando e onisciência. Seus chamados à dedicação e à adulação. Aquele rosto enorme por toda a cidade, observando tudo, sem nunca piscar. Rasurar os cartazes teria sido traição e, por isso, eles nunca tinham sido tocados, nem quando se tornou seguro fazê-lo, quando tudo o mais parecia ter sido marcado e rabiscado com tons de imundice.

Culpa e vergonha impediam que Samuel buscasse outros lugares. Ele não seria capaz de encarar o bar onde tinha encontrado seus camaradas, não seria capaz de ir na direção do bairro onde Meria havia morado, nem do beco onde certa noite tinham feito amor, com os joelhos dele raspando contra os tijolos enquanto ela sibilava por entre os dentes:

— Mais rápido, anda logo, anda logo.

Talvez, de todos os lugares, era a praça que ele se sentia menos capaz de voltar a ver. Samuel sabia que a estátua gigantesca não estava mais lá, tinha sido removida pouco depois de o Ditador ter finalmente sucumbido ao veneno que um de seus conselheiros lhe ministrava havia semanas. Naquela época ele já era velho, completamente paranoico. Pelas costas dele, as pessoas cochichavam, falando da possibilidade de demência, de sua mente enfraquecida, mas o corpo dele permaneceu forte, perdurando sempre, até ameaçando melhorar e se erguer do leito de enfermo.

Apesar de a estátua não estar mais lá, Samuel não tinha vontade de retornar ao local de seu fracasso. Se ele tivesse matado aquele soldado, ficou imaginando, se tivesse tido coragem de sufocar o homem até o fim, ou de pegar qualquer uma das armas que estavam largadas por ali, de acertar a cabeça dele com força, de dar um golpe que o deixasse inconsciente, o que teria acontecido? Samuel seria um homem livre, talvez. Um homem com uma família. Alguém melhor do que um informante amedrontado que tinha entregado a mãe de seu filho aos interrogadores. Alguém que havia tido um filho para criar, netos com quem brincar. Era isso que Samuel perguntava a si mesmo enquanto caminhava pelas ruas à noite. O que poderia ter acontecido se ele tivesse sido mais corajoso, se não tivesse tido medo de cometer um assassinato?

Quando o céu despejou a tempestade da tarde, o homem ainda não tinha voltado. Samuel já havia saído duas vezes. Uma, quando os primeiros pingos de chuva caíram, para colocar as galinhas de volta no galinheiro, e de novo um pouco mais tarde para se assegurar de que a luz funcionava bem na torre. A chuva então caía forte. Visto da torre, o céu era de um cinza sólido. Não tinha como saber para onde o homem tinha ido.

Samuel ficou parado na janela durante muito tempo, pensando na mulher seminua na cabana. Ela estava molhada quando ele a arrastou até lá. Devia tê-la enxugado, devia ter levado um cobertor para cobri-la. Ele não gostava da ideia de ela estar no chão, com a chuva entrando pelas paredes e o teto desabados, formando poças que poderiam engoli-la, encharcá-la, fazer com que apodrecesse.

O casebre estava vazio quando ele voltou. O homem não tinha retornado. Samuel mexeu uma panela de cozido no fogão, conferiu se as janelas estavam fechadas. Pegou uma toalha e pressionou contra a janela da sala, onde a chuva entrava por uma fresta. No quarto, ajeitou um balde para recolher os pingos de uma goteira no teto. Não comeu quando a comida ficou pronta. Ferveu água. Sentou-se no sofá, com as mãos nas coxas. Olhou para o vaso de flores de papel na mesinha de centro.

Mais tarde, quando ouviu batidas na porta da entrada, foi abrir e puxou o homem ensopado para dentro.

— Não precisava ter fugido daquele jeito — disse ele. — Eu sou um velho. Nunca matei uma mosca.

Na maioria dos dias, ele restringia suas caminhadas sem rumo às favelas e às ruas de sua infância, mas às vezes chegava até o porto. Em uma dessas noites, passou por uma mulher encostada no muro da instalação de empacotamento de peixe. Ela se dirigiu a ele:

— Quer se divertir, querido? Venha aqui experimentar.

Prostitutas eram comuns na zona portuária, esperando os pescadores chegarem de uma boa pescaria, ou os marinheiros estrangeiros que atracavam. Samuel deu uma olhada na mulher, sacudiu a cabeça. Ele teria continuado caminhando, mas reconheceu algo nela.

— Meria — disse ele.

— Quem é? — respondeu ela, estreitando os olhos nas sombras.

Ele caminhou na direção dela e ela pareceu surpresa, então deu uma risada.

— Caramba, você ainda está vivo, Terninho? Achei que tivesse morrido anos atrás.

— Não, ainda estou vivo.

Meria havia encorpado desde a última vez que ele a tinha visto. O corpo preenchia o vestido curto, os peitos se derramavam para fora pelo decote. O rosto dela estava severo e feio, os olhos eram estreitos embaixo de uma peruca barata. Faltavam-lhe alguns dentes, de modo que ela falava assobiando um pouco.

— Você também acabou de sair da prisão?

— Que nada, nunca fui presa.

— Não? Não pegaram você? Nem depois?

Ela deu de ombros.

— O que eu posso dizer? Sou esperta. Escapei.

— Como tem andado?

— Como você acha, hein?

— Desculpa, eu só quis dizer...

— O mesmo Terninho de sempre. Você nunca vai mudar, não é mesmo? Tem um cigarro?

Ele sacudiu a cabeça. E então:

— Você nunca procurou os meus pais ou Mary Martha. Ela disse que nunca mais viu você depois da manifestação.

— E daí?

— Você abandonou Lesi. Ele era só um bebezinho e você nem voltou para buscá-lo. Todos achamos que você devia estar morta para fazer uma coisa dessas.

— Estavam errados. Aqui estou eu, vivinha da silva.

— Você nunca se perguntou o que tinha acontecido comigo?

Ela não respondeu, estremeceu, tentou puxar o casaquinho para cima do peito.

— Lesi morreu, sabia? — contou ele.

— Ouvi dizer.

— Você não parece incomodada com isso.

— Ah, que porra, Terninho. Já faz muito tempo. Tenho outros problemas agora. Não posso carregar isso comigo também. Mas, bom, ele era mais seu filho do que meu. É melhor que tenha morrido. Ele nunca teria se tornado grande coisa mesmo.

— Você acha que eu não sou nada — disse ele, se aproximando e apontando o dedo para ela. — Você sempre pensou assim. Mas olhe só para você agora... O que você é, Meria, oferecendo o próprio corpo no cais do porto?

— Tira essa porra desse dedo da minha cara — esbravejou ela. — Do que eu vou ter vergonha? Eu lutei pelo meu país e agora estou aqui. E daí? Que importância tem?

Samuel deixou os braços penderem e falou com suavidade.

— E os outros? Ainda vê algum deles? Sabe o que aconteceu com eles?

— Que nada, isso já faz muito tempo. Não posso me dar ao trabalho de lembrar.

— Tudo bem, então — disse Samuel, se preparando para seguir em frente. — Acho que era isso.

— Olha — disse ela, olhando ao redor. — Você tem algum dinheiro? Pode me ajudar? Tenho filhos para sustentar. Me dá alguma coisa, qualquer coisa que você tiver. Você me deve.

Ele tirou o pouco de dinheiro que tinha do bolso e estendeu para ela. Ela pegou, ávida, e contou na palma aberta.

— Caramba, Terninho... Fique sabendo que eu não vou chupar a merda do seu pau em troca dessa mixaria.

— Não, não é para isso. Mas, bom, é tudo que eu tenho. Não tenho mais nada. Eu daria mais se tivesse.

Ela o olhou de cima a baixo.

— Daria, sim, não é mesmo? É verdade. Você sempre foi um palerma.

Risadas e vozes ríspidas soaram na noite parada.

Os dois olharam para o cais. Um grupo de marinheiros se aproximava.

— Olha, Terninho, legal ver você e tal, mas cai fora, tá bom? Preciso ganhar algum dinheiro hoje.

— Tudo bem. Cuide-se — disse ele, e deu meia-volta.

Voltou ao porto algumas vezes, com comida ou moedas que tinha conseguido pedindo esmola, mas não a viu. Perguntou sobre ela às outras moças. Todas sacudiram a cabeça, não sabiam de nada, deram as costas para ele, para aquele homem idoso com seu cheiro de pobreza.

Para compensar seu comportamento de antes, Samuel foi gentil com o homem com extravagâncias que normalmente não teria considerado. Ele o conduziu até o quarto, tirou roupas limpas do armário, além de toalhas secas, e deixou no pé da cama. Então foi até a cozinha e encheu um balde com água que tinha esquentado. Levou até o quarto e se retirou, deixando que o homem se banhasse e se vestisse ali sem ser incomodado.

Quando o homem saiu, cheirando a sabão e aquecido, vestido com roupas que não serviam direito, Samuel o levou até a cozinha, também aquecida por todo o movimento do preparo da comida. Entregou ao homem uma xícara de chá forte, carregada no açúcar, e serviu um prato de comida para ele; usou para si o prato lascado que tinha chegado com os itens de doação no dia anterior.

Os dois comeram em silêncio. Samuel o observou com cuidado. De vez em quando, ele estendia os dedos como se estivessem rígidos, ou girava os ombros para dispersar um calafrio nas costas. Ele comia mais devagar do que tinha comido nos dias anteriores, levando tempo para mastigar. Mantinha os olhos no prato à sua frente, ou olhava adiante, para um lugar na parede atrás de Samuel. Não falava. Não sorria.

Samuel baixou os olhos e empurrou a comida para cima da colher. Quando voltou a erguer os olhos, o homem tinha virado a cabeça um pouco, de modo que estava de frente para a pia, olhando para algo. Samuel seguiu o olhar do homem. Era a faca, pousada na ponta da pia, a um braço de distância do homem. Ele se virou para encarar o homem e olhou nos olhos dele. O homem não piscou. Encarou Samuel também; movia o maxilar enquanto mastigava.

De repente, o vento forçou a janela pequena da cozinha, que abriu. Samuel, sobressaltado, deu um pulo, estendeu a mão para além da cortina feita de rede e a fechou. Aproveitou a interrupção para mudar de lugar alguns itens da pia: colocou a panela embaixo da torneira, enxugou a superfície e deslocou a faca também, levando-a mais para perto de onde ele estava sentado, para que fosse fácil alcançá-la, caso houvesse necessidade.

Quando voltou a se sentar, viu que havia algo no meio da mesa que antes não estava lá. Ele enxergava mal à noite e precisou se debruçar para bem perto para identificar o que era. O contorno ficou nítido na frente dele. Seus dedos tremeram na beirada da mesa. Era o casco de tartaruga da cabana de pedra. Não podia ser outro.

O homem tinha encontrado a cabana, tinha entrado e visto o corpo. Ele sabia que Samuel havia descoberto seu crime.

Samuel ergueu os olhos com cautela. O homem ergueu a mão, esticou um dedo. Samuel esperou ver a garganta cortada mais uma vez, mas ela não veio. Dessa vez, o dedo foi até a boca do homem, seguida por lábios apertados para soltar um som suave:

— Shhh.

O QUARTO DIA

Quando acordou, Samuel ainda segurava a faca. A mão e o braço dele estavam rígidos. Ele se sentou ereto e mexeu o ombro, rolando um pouco para se livrar da tensão. Pousou a faca no colchão e esticou os dedos ao bocejar, passou a língua pela boca e bocejou mais uma vez.

Vindos do lado de fora, sons conhecidos. Metal na pedra, golpe após golpe desferido em ritmo lento. Devia ter sido aquilo que o acordou. Ele se levantou, caminhou até a janela e afastou a cortina feita de rede. Dali, enxergava uma parte da parede da latrina, capim molhado e pedra, gaivotas no céu. Vestiu rapidamente as mesmas roupas que tinha usado no dia anterior, ainda um pouco molhadas em algumas partes de quando ele tinha corrido para ir e voltar da torre sob a chuva. Pegou a faca de novo e apertou com força na palma da mão úmida.

Na sala, viu que o cobertor do homem tinha sido dobrado com cuidado e colocado por cima das costas do sofá.

As cortinas estavam todas abertas, as janelas, meio abertas também. No entanto, quando chegou à entrada, viu que a porta tinha sido fechada. O homem havia sido cuidadoso no dia anterior. Samuel estendeu a mão até a maçaneta. A porta emperrou um pouco, como sempre fazia, ainda mais no tempo úmido. Ele teve que empurrar com o corpo, agitar a maçaneta e levantar antes que a porta abrisse para dentro. Foi só quando a porta se abriu na direção dele que Samuel se deu conta de que a chave não estava no lugar. Ele nunca a usava, nunca tinha funcionado, até onde ele sabia, mas sempre deixava na fechadura, e já não estava lá. O homem tinha pegado. Com certeza. Não havia engano. Lá estava a prova de que uma tentativa estava sendo feita para aprisioná-lo. Prova de que o homem planejava trancá-lo, ficar com a ilha para si.

A ilha. A ilha. A ilha pertencia a Samuel. Era dele e só dele. Tinha sido ele a sentir o gosto do solo na cabana, tinha sido ele a moldar e domar e construir aquele lugar para que se tornasse o que era. Não seria tirada dele; estava na hora de enfrentar o homem. Ele havia demonstrado bastante gentileza, dado ao homem mais do que o suficiente, muito mais do que outros teriam feito. Ele o confrontaria, diria que podia ficar até que o barco retornasse e nem um momento mais. Até lá, ele podia dormir no sofá, vestir as roupas que lhe tinham sido dadas, comer o que era colocado na frente dele. Não haveria mais caminhadas pela ilha, nada mais de entrar no quarto de Samuel, nada mais de ameaças e dedos, nada mais de tocar e subtrair. No final da quinzena, aquele homem iria embora e para nunca mais voltar. Não era bem-vindo ali.

No quintal, as galinhas comiam grãos quando Samuel se aproximou. O homem as tinha soltado e as alimentado. A galinha ruivinha também havia sido solta. Ela estava acomodada perto dos pés do homem, o peito e o traseiro nus, cheios de casquinhas de ferida e com a pele arrepiada. Os olhos dela estavam fechados, e ela não demonstrava medo da marreta que dava golpes a apenas alguns passos dela. Os golpes caíam pesados, quebravam a pedra com facilidade. Uma pilha de pedras menores já tinha começado a se formar.

O homem tinha pegado a marreta da entrada sem pedir. Tinha pegado sapatos e um chapéu molenga de aba larga também. Os cadarços dos sapatos não haviam sido amarrados e se arrastavam, molhados e sujos de areia. Cinco pedras grandes estavam alinhadas ali perto. O carrinho de mão não estava à vista. Será que ele as tinha carregado até ali usando nada mais do que os braços, aquele selvagem fedorento? Não parecia possível ter feito aquilo em algumas poucas horas; Samuel teria levado dias.

Por um momento, enquanto o homem fazia a pilha crescer, Samuel se perguntou qual seria a finalidade das pedras. Eram demais para fazer reparos na mureta. Uma quantidade exagerada. Então ele se lembrou da mulher, lembrou-se de que o homem tinha encontrado a cabana e a tartaruga, que ele a tinha encontrado. Ele enterraria o corpo, esconderia seu crime ocultando-o em algum ponto da mureta. Ainda assim, mesmo para isso eram pedras demais. Um corpo não precisava de tantas assim para ser coberto, não pelo tamanho dela. Se houvesse dois corpos, seria diferente, ele então poderia entender. Havia pedras suficientes para dois.

Samuel fechou os olhos, viu mais uma vez a fechadura sem a chave da porta da entrada, o dedo passando na garganta, o mesmo dedo encostado nos lábios do homem. Samuel seria o outro corpo. O homem iria trancá-lo dentro do casebre, faria com que morresse de fome e iria surrá-lo até se cansar de ter um prisioneiro, e então cortaria sua garganta e deixaria o sangue escorrer no tapete desbotado, manchando os grãos de areia de preto. Ambos, a mulher e Samuel, seriam enterrados dentro da mureta de pedra onde apodreceriam, seus corpos consumidos pela terra, os pecados do homem se tornando parte da ilha.

O homem ergueu os olhos de sua labuta, empurrou o chapéu para trás e viu que Samuel o observava. Ele suava muito, mas não tinha tirado a camiseta e o suéter. Passou as mangas pela testa. O suor ficou na lã barata em um traço de umidade cinzenta. O homem começou a caminhar na direção de Samuel para cumprimentá-lo, mas parou ao ver que ele segurava a faca. Paralisou o sorriso que tinha começado a se formar, ergueu a marreta um pouco, de modo que a segurava com as duas mãos, por cima da barriga e do quadril. Ele avançou.

Samuel ergueu a mão que segurava a faca com força e estendeu à sua frente, assegurando-se de que a lâmina estivesse em ângulo e bem visível.

O homem se aproximou. Fez um gesto com a cabeça para a faca, fez uma pergunta em tom forte e firme. Samuel fez um gesto com a própria cabeça.

— Acha que eu sou algum tipo de velho idiota e não sei o que você está planejando? Eu conheço você. Eu sei tudo sobre você. Este velho idiota sabe o que você fez e sabe o que você está planejando fazer. — Ele apontou com a faca. — Larga isso aí. Estou dizendo, não vou entregar a ilha. Larga a marreta. Você não pode ficar com ela. Nada disso aqui te pertence.

O homem ficou imóvel olhando para Samuel. Samuel avançou. Sacudiu a faca e disse:

— Larga. Anda logo, larga.

O homem a segurou com mais força. Franziu a testa.

— Estou dizendo para largar. Esta terra é minha. Não vou abrir mão dela.

Finalmente o homem deu de ombros de leve, recuou. Segurou a marreta à sua frente e a deixou cair no chão. Então ergueu as mãos, com as palmas abertas, e recuou ainda mais.

Durante um tempo, eles ficaram assim, encarando-se. Atrás deles, as galinhas carcarejavam, ciscavam a terra. Um corvo-marinho pousou na mureta de pedra da horta, examinou embaixo da asa com o bico, saiu voando mais uma vez.

O homem começou a falar baixinho. Manteve as mãos erguidas, os olhos fixos em Samuel.

— O que está dizendo? Sabe que eu não entendo. O que está dizendo?

O homem deu um passo adiante. Samuel golpeou o ar com a faca.

— Não se aproxime. Nem tente. Estou pronto para você.

Mas o homem deu mais um passo, continuou a falar, as palavras graves. Ele sacudiu a cabeça um pouco, curvou metade da boca em um sorriso. Avançou devagar: a cada passo, os cadarços sujos se arrastavam na areia, as solas dos sapatos rangiam. Ele falou, mas as palavras não tinham significado. No entanto, fizeram Samuel pausar. Ele baixou o olhar e passou a faca para a outra mão. Lambeu os lábios, sentiu gosto de suor. Pensou que esse seria um bom momento para fazer isso, avançar de supetão e enfiar a faca na barriga do homem. Mas percebeu que não era capaz. Era mais uma vez aquele homem na calçada, abrindo caminho para o soldado, aquele homem na praça, relaxando a força do aperto para não matar. Esse era Samuel. Um homem de fraqueza. Ele largou a faca, soltou um grito de covardia, deu meia-volta e disparou na direção do casebre. Não olhou para trás para ver se o homem vinha atrás dele.

Entrou pela porta já caindo, seu fracasso pulsando ruidosamente nos ouvidos. Ele tinha debandado, tinha fugido, tinha se entregado a um assassino, tinha desistido de tudo que possuía. Ele morreria. Ele morreria.

Mas então, ao cair, viu a chave da porta. Estava em cima do tapete da entrada. Não havia sido levada. Tinha estado ali o tempo todo.

Samuel esperou vários minutos antes de se erguer com a ajuda da parede. A queda não tinha sido dura, mas ele havia ficado sem fôlego por causa dela, e seu joelho tinha se torcido de um jeito estranho embaixo dele. Ele se apoiou nos casacos pendurados nos ganchos e respirou fundo algumas vezes. Ninguém tinha passado uma rasteira nele dessa vez. Ele sabia disso. Tinha caído sozinho. Daquela outra vez (na torre), será que poderia mesmo dizer que havia levado uma rasteira? Não teriam sido suas próprias pernas vacilantes que fizeram aquilo com ele? Ele estava velho, suas pernas já não eram mais firmes. O homem não tinha nada a ver com aquilo. Samuel tinha permitido que a paranoia tomasse conta dele, tinha se permitido acreditar que o homem era um criminoso sem ter provas. Mas o que o homem tinha feito de tão ruim? Nada. Não havia nada de que Samuel pudesse acusar o homem de maneira conclusiva. Não pela mulher morta nem pelas ameaças ou por qualquer outra coisa.

Bateu com os dedos na parede. Não estava se sentindo bem. Não estava se sentindo nada bem. Uma inquietação estranha, leve e pungente, atravessava seu corpo, e, apesar do movimento, parecia não ir a lugar nenhum. Simplesmente dava uma pontada, dava outra, e depois morria. Ele estava cansado. Exausto. Nada, nem aquelas pontadas leves, era capaz de sobreviver à exaustão da idade que pesava sobre cada pedaço dele.

Do lado de fora, o homem tinha retornado ao trabalho. Samuel escutava a colisão da pedra e do metal. Recolheu a chave de onde estava no tapete sujo de areia e devolveu à fechadura. Olhou para fora de relance. Parecia que voltaria a chover em breve, mas ele deixou a porta aberta. Queria que o homem visse aquilo, queria que ele voltasse e desse de cara com seu estado.

Foi até a cozinha e guardou a louça da noite anterior, demorando-se na tarefa, com os braços avivados por aquela corrente perturbadora e peculiar. Ferveu água e preparou uma xícara de chá; permitiu-se três colheres de açúcar. Não havia faca, então ele arrancou um pedaço do pão que estava na pia. Estava duro por ter sido deixado ali exposto, machucando suas gengivas, por isso Samuel embebeu no chá para amaciar. Devia ter sido frito, comido com ovos e tomates, mas ele não tinha energia para isso.

Ficou imaginando se o homem já tinha comido. Não havia migalhas, nem louça, nada para sugerir que sim. Samuel pensou em levar chá e pão para ele, mas achou melhor não. Ele devia ser mais gentil, sabia disso, mas era difícil desapegar de sua mesquinhez, dos ressentimentos e das paranoias que tinha cultivado ao longo dos últimos dias. Difícil com seu corpo idoso, com a torre opressiva, o passado longo, tão longo, arrastando-o para baixo; sua mente uma confusão de falsidades e medo.

Quando terminou de comer e beber, limpou a pia, juntou as migalhas na mão e se inclinou na janela em cima da pia para jogar fora. Foi até a sala pensando em arrumá-la, mas descobriu que não havia nada a fazer. Tudo tinha sido bem ajeitado pelo homem.

Ele se sentou no sofá, um pouco nervoso, ainda sentindo aquelas pontadas de inquietação que sumiam e reapareciam. Sentiu-se tonto. Ficou difícil, impossível pensar com clareza. O corpo dele estava dolorido. Ele fechou os olhos, enrijeceu--se, as pontadas na lateral do corpo mais fortes, movendo-se com rapidez, uma faca dentro dele, uma faca, uma faca. Ele arfou, levou as mãos à lateral do corpo, imaginando se estava morrendo. Será que isso era morte? Talvez ele estivesse sentindo cheiro de queimado. Então curvou-se em posição fetal, levando as pernas à barriga. Saiu de si mesmo e partiu. Não tinha sobrado nada dele.

Tomou consciência do som de mãos e ferramentas trabalhando. Havia um cheiro também, algo espesso e úmido, incompatível com o que ele escutava. Era o cheiro enjoativo de esterco, tão forte no aposento que suas narinas pareciam entupidas. Ele ainda estava no sofá, embora a tontura e a dor da manhã parecessem a semanas de distância. Alguém — o homem — tinha colocado um cobertor em cima dele enquanto dormia. Mesmo assim, as mãos e os pés estavam frios; a cabeça, quente.

Ele abriu os olhos. O homem estava ajoelhado. Tinha colocado a mesinha de centro de lado, estendido jornais para proteger o tapete puído. O videocassete havia sido removido do armário de compensado, deixando a lembrança escura de seu formato marcado pela poeira.

O cheiro de esterco vinha da janela aberta, mas estava mais próximo também, no próprio homem. Havia manchas daquilo em seu suéter, marcas marrons nos joelhos. Ele devia estar espalhando esterco na horta. Samuel se sentiu agradecido; era uma tarefa que vinha adiando.

O homem ergueu os olhos do videocassete e sorriu para Samuel. Deixou a cabeça pender para o lado, pousou-a nas mãos em um gesto de dormir. Voltou a sorrir. Samuel assentiu, retribuiu o sorriso, deu de ombros.

O homem tinha desmontado o videocassete e remexia nas peças. Apontou para elas com uma chave de fenda pequena com o cabo amarelo e proferiu algumas palavras. Então fez um gesto que surpreendeu Samuel. Era um punho fechado, um polegar erguido, um sinal de que estava tudo certo e indo bem. Era a primeira vez que Samuel via o homem usando esse símbolo e fez com que ele sentisse um pequeno desabrochar de esperança onde antes não havia nenhuma. Ali estava algo de valor: o início de uma linguagem. Era algo que tinham, uma coisa real que não mais se resumia a apontar e fazer mímica. Samuel esfregou o nariz e então retribuiu o gesto, um pouco sem jeito. Seus dedos não se dobravam por inteiro. O homem repetiu o sinal e sorriu.

Samuel se ergueu do sofá; segurou-se no braço por um momento para se firmar. Tinha ficado escuro dentro do casebre; nuvens de tempestade aglomeravam-se no céu. Havia um som baixo de trovoadas a distância. Samuel acendeu a luz da sala para o homem poder enxergar melhor. Então foi até a cozinha e acendeu a luz de lá também. Viu com surpresa que a faca estava em cima da pia, como se nunca tivesse saído dali, nunca tivesse ameaçado ninguém.

Colocou água para ferver e pegou xícaras e saquinhos de chá. Então pegou a faca, meio indeciso; parecia mais leve, uma coisa inútil. Usou para aparar as pontas do pão de onde tinha arrancado um pedaço antes. Cortou duas fatias, espalhou margarina sobre elas com as costas de uma colher que havia deixado na pia mais cedo. Colocou as fatias na frigideira e virou até os dois lados ficarem corados. Preparou o chá, então segurou as fatias quentes em uma das mãos, as xícaras na outra. Colocou a xícara e o pão do homem em cima de uma revista na mesinha de centro.

O homem estava ocupado reconectando o videocassete à televisão. A tela piscou apenas com flashes de pontos brancos, pretos e cinzentos. Os alto-falantes chiavam com a estática. O homem sacudiu a cabeça com o som e se apressou a apertar um botão no aparelho até o barulho diminuir e finalmente desaparecer, sobrando apenas a lembrança ainda ruidosa entre eles. Ele se ergueu do chão e foi até a estante onde Samuel guardava as fitas. Pegou uma, olhou para a capa, devolveu. Escolheu outra, e dessa vez pareceu satisfeito. Ouviu-se um engasgo eletrônico quando o aparelho engoliu a fita, depois cliques e estalos quando a tela passou de pontos de escuridão e luz para um segundo de imagens distorcidas e depois, finalmente, a cor. Era uma paisagem marinha submersa: peixes e conchas e pedras. O homem voltou a mexer nos botões até o som se ouvir. Escutaram a narração, uma voz de mulher falando em tom melancólico. O homem se virou para trás e fez um gesto para perguntar se o som estava alto o bastante. Samuel assentiu, retribuindo o sinal de positivo.

Os dois homens se recostaram no sofá, lado a lado, comendo e bebendo enquanto assistiam ao documentário. Era algo que Samuel tinha começado a assistir vários meses antes, quando o aparelho ainda funcionava, mas havia parado logo depois de começar, por não estar no clima na época. Às vezes era difícil se interessar por algo de forma natural. Era muito mais fácil ir para a cama, fechar os olhos, esperar o sono. Mas, dessa vez, com o homem ao seu lado, soltando sons de aprovação e interesse, percebeu que estava gostando daquilo, das imagens do mundo embaixo das ondas.

Samuel tinha aprendido, ao longo dos anos, como aquela ilha era um lugar ingrato. Como era difícil disciplinar a natureza e alimentá-la. A vegetação era implacável, dura em alguns pontos, macia feito cinzas em outros. Espalhava-se por onde bem entendia, tomando conta do terreno a seu bel-prazer; no entanto, havia trechos vazios em que a terra era nua e improdutiva, uma coisa de areia e pedra. O litoral também seguia esse padrão, seus pedregulhos cobertos de alga seca e líquen, ou então sem nada além de cocô de aves e conchas presas. Ao redor delas, talos de algas apodreciam, aqueles corpos amarronzados se debatendo na maré por baixo da névoa preguiçosa da manhã.

Quando Samuel chegou à ilha, as águas agitadas lhe deram mais medo do que todo o resto: mais do que o isolamento e a terra estranha. Mas ele não disse nada, tinha fingido espanto com as ondas, o vasto mar que rodeava. A mureta, a que sempre desabava, talvez tivesse sido sua tentativa de mantê-lo fora, de proteger a terra e a si mesmo do massacre do oceano. Durante a semana em que seu antecessor o tinha apresentado à ilha, ensinando-o sobre o funcionamento do farol, mostrando as várias baías e praias, os lugares a evitar, os pontos perigosos, Samuel não tinha sentido ameaça maior do que a do mar e sua aproximação implacável. Ele não gostava das coisas que o mar despejava na praia. As plantas eram bem fáceis de gerenciar, a erva sufocante que abafava tudo, também. Era o mar que ele queria ver domado.

E uma noite já no fim daquela semana, ele recebeu a ordem de vestir roupas quentes e sair. Tinha pegado emprestado um cachecol listrado velho que um dia havia ostentado um escudo de time de futebol, um time de que nenhum dos dois homens era torcedor. Ele suava ao seguir Joseph terreno abaixo, na direção do litoral norte, onde a praia era comprida e estreita, difícil de alcançar pelas laterais íngremes que tinham ficado lisas de tanto vento e chuva. O senhor segurava uma lamparina de parafina bem alto, para que pudessem enxergar. A luz que ela lançava era fraca, transformando tudo em que tocava em lusco-
-fusco. Era difícil para Samuel ir atrás dele, tropeçava com frequência, e a certa altura caiu e soltou um grito tão alto que deve ter sido ouvido no continente e além. Joseph não titubeou nenhuma vez, ele caminhava firme com a ajuda da bengala que carregava. Ele mesmo a tinha feito, havia esculpido uma cabeça de bode na empunhadura, apesar de os chifres e o focinho já estarem gastos de detalhes àquela altura. Samuel ficou com a sensação de que o velho

caminhava por aquelas trilhas sem luz, que a lamparina era apenas para o benefício de Samuel.

Joseph o conduziu por cima de pedras e atravessando fendas até chegarem ao litoral de pedrinhas. Apagou a lamparina e deixou Samuel na escuridão da noite. Algo se mexia lá longe. Algo se movia na praia. Ele ouvia. Um som que gelou suas costas, fez os pelos de seus braços se arrepiarem. Era o som de ossos.

— Normalmente, eu pego um — sussurrou o velho. — Só um, veja bem, porque pegar mais seria um desperdício. Um homem é capaz de se alimentar dele durante dias. Eu cozinho e coloco na caixa fria e como o máximo que consigo antes que apodreça. Não dá mais para comer quando começa a ficar rançoso. Se fizer isso, vai passar uma semana no banheiro.

Samuel piscou. Na frente dele, os movimentos continuaram, os estalos estranhos de osso contra osso. Ele pensou em esqueletos, em todos os mortos e afogados do mundo sendo jogados na praia.

— O que são? — perguntou.

— O que são? Você nunca viu um caranguejo? Eles vêm aqui todos os anos nesta época, para acasalar.

Samuel espiou para dentro da noite. Se eram caranguejos, eram os maiores que ele já tinha visto; nos rios do vale nem na feira da cidade ele tinha visto criaturas daquele tamanho. Eles se moviam de maneira pavorosa, os antebraços pálidos acenavam, acenavam ao chamar as fêmeas para acasalar. Alguns dos machos haviam começado a duelar, agarrando-se, dançando de um lado para o outro. Montes se formavam nos lugares onde vários subiam em cima de uma fêmea, formando um monstro apavorante de muitas pernas que se movia devagar. Algumas fêmeas já tinham começado a perder a carapaça, saindo da concha, exibindo sua maciez cinzenta na noite. Ao redor deles havia o clac--clac-clac da briga, o som de membros se partindo, conchas se estilhaçando.

— Não! — exclamou ele quando o velho se afastou do lado dele, foi na direção dos espectros.

Joseph tinha levado uma pequena machadinha presa ao cinto e começou a usá-la, dando um golpe em um caranguejo grande. O barulho da concha se quebrando soou alto pela praia. Mesmo sem luz, Samuel era capaz de enxergar as fraturas, os membros agitados quando o velho começou a cortar as patas. Quando terminou, ele fez um sinal com a cabeça para Samuel.

— Certo, agora é a sua vez.

— Como assim?

— Nós somos dois. Podemos pegar dois caranguejos. Pegue aquele grande ali.

Samuel não se mexeu, mas, ainda assim, o velho ficou lá parado com a machadinha estendida para ele.

— Vamos, pare de desperdiçar tempo. Se quiser viver nesta ilha, então é assim que funciona. Esta é a maneira como vivemos aqui. Anda, pega.

Ele pegou a machadinha. Estava molhada, um pouco escorregadia. Ele a passou para a outra mão, baixou em uma tentativa de golpe. Tentou mais uma vez quando caminhou na direção de uma fêmea saindo da casca. Quando ele a acertou, não se ouviu quase nenhum som, quase nenhuma resistência. A lâmina a atravessou, acertou a areia lá embaixo. Ele cambaleou, firmou-se. As partes macias dela tinham caído, mas ela continuava de pé.

Depois, Samuel seguiu o velho de volta ao casebre. Dessa vez ele carregava a lanterna e, como um feixe de lenha molhada recém-juntado, os membros de dois caranguejos nos braços.

Na cozinha, observou quando o velho começou a dissecar as criaturas. Ele quebrou a concha rachada com as mãos e começou a arrancar a carne, pura e branca, aos punhados; jogava em uma panela de água fervente durante alguns minutos, depois tirava da água e colocava mais. O processo durou horas, a mesa foi se enchendo de cascas vazias e o cheiro de mar quente tomou conta do lugar.

Enquanto observava, Samuel se viu afundado no lugar de onde as criaturas tinham vindo, nas profundezas do oceano onde o sol não tocava, aquele mundo submerso alienígena de onde tinham vindo para chegar à ilha durante gerações. Atravessando as pedras e as algas, os diversos destroços que boiavam, impulsionando seus corpos pesados sempre adiante, uma aproximação obcecada sempre até o mesmo ponto, sem nunca se alterar ao longo dos séculos. Alguns dos caranguejos muito provavelmente tinham décadas de idade. Eram assustadores, criaturas de pesadelo em seu tamanho e força. Mas eram magníficos também, tornados deuses por seu domínio sobre o tempo e o mar e a terra.

Apesar de sua admiração, quando convidado, Samuel pegou um punhado da carne cozida, sugou a iguaria delicada com tanta facilidade como se estivesse inalando. Ele nunca havia experimentado nada tão macio. Esticou a mão para pegar mais, lambendo os dedos ainda enquanto mastigava, comendo até o sol se erguer e caindo no sono enquanto mastigava.

No ano seguinte, repetiu o processo, sozinho e sem medo. E dessa maneira tinha continuado a fazer durante quatorze anos, sempre só pegando sua parte, que era um. Mas, ainda assim, as quantidades começaram a diminuir. Cada vez menos caranguejos retornavam, até que em um ano pararam de vir.

Nos anos que se seguiram, ele às vezes pairava por cima de piscinas de pedra e pegava caranguejos que não eram maiores do que a palma de sua mão. Ele os cozinhava inteiros, mordia para chupar a carne, mas encontrava um gosto de areia granulada, algas podres, profundezas de pedra esquentadas pelo sol forte. Ele tinha fome dos monstros dos primeiros anos, esperava por eles, saía à noite e os chamava ao luar.

Os dois homens observavam as imagens na tela da televisão. Os acontecimentos anteriores tinham sido esquecidos. Não havia malícia, nem medo, nem ódio. Samuel estava com o cobertor por cima dos joelhos, uma almofada desbotada no colo. Ele estava aquecido, confortável e seguro. As dores da manhã tinham ido embora; sua cabeça havia parado de girar. Naquele momento, ele só sentia contentamento. Enrolado no cobertor com o corpo do homem ao lado do seu, a cabeça de Samuel começou a pender. Suas pálpebras foram se fechando. Ele estava acordado, escutava a narração do documentário e a respiração do homem, mas também estava em outro lugar: no apartamento de um cômodo de sua família, com o filho bebê no colo. Segurava Lesi, ninava o menino, observava-o piscar e bocejar. Ali estava o filho dele, ali estava sua criança. O menininho que ele nunca tinha escutado dizer uma única palavra, que ele nunca tinha visto andar nem engatinhar. Que tinha sido um recém-nascido durante todos aqueles longos anos, sem nunca crescer, sem nunca fazer nada além de piscar e bocejar, piscar e bocejar.

Samuel abriu os olhos, viu Lesi sentado ao lado dele no sofá. Um Lesi que tinha crescido e se tornado um homem, que tinha chegado para ajudar seu pai na idade avançada. Samuel estendeu a mão e a colocou em cima da do filho. Sentiu um nó na garganta. Havia coisas que ele queria dizer. Coisas que ele precisava dizer ao filho. Apertou a mão de Lesi.

— Obrigado por estar aqui. Fico feliz que tenha vindo. Fico feliz por não estar mais sozinho.

Ele passou a manga pelas bochechas, enxugou as lágrimas dos olhos com os dedos.

— Fico feliz por você ter vindo — disse mais uma vez.

Ao seu lado, o filho sorriu, retribuiu a pressão da mão dele. Então Lesi se mexeu um pouco, ajustou a posição para que pudesse abraçar os ombros do pai. Samuel assentiu, começou a se sentir atraído mais uma vez à sonolência do contentamento e do calor. Ergueu os olhos pesados para Lesi quando ele começou a dizer algo, mas o rosto do filho estava ficando desfocado, e Samuel piscou, observou os traços se acomodarem nos do homem. Mesmo assim ele falou, disse o que estava prestes a dizer:

— Andei solitário sem você.

O homem não respondeu. Ele desviou o olhar em um gesto abrupto, removeu o braço, sentou-se ereto. Do lado de fora vieram guinchos repentinos, das galinhas desferindo um ataque. Samuel estava desperto, sabia o que estava acontecendo, compreendeu tudo. Os dois homens se levantaram do sofá em um pulo com o barulho, avançaram pelo cômodo. O homem foi mais rápido. Já tinha saído pela porta e atravessado o quintal antes que Samuel chegasse ao batente.

Uma chuva leve caía, e Samuel estreitava os olhos para enxergar através dela ao mancar atrás do homem. Ele sabia o que estava acontecendo e xingou sem abrir a boca. As outras galinhas estavam atacando a ruivinha. Ele era capaz de enxergar a massa de galinhas aos berros, em meio a penas e garras. O homem devia ter tomado mais cuidado. Ela não podia ter saído. Ela devia ser protegida. O homem tinha feito aquilo.

A essa altura, o homem já atacava. Enfiou a mão no meio da confusão de aves para extrair a galinhazinha velha. Havia sangue nela, seu peito estava em frangalhos. Uma de suas asas não dobrava. Ao redor do homem, as galinhas continuavam a carcarejar, atacando suas pernas a bicadas. Ele as chutou, fez sons para espantá-las.

— Deixa, deixa! — gritou Samuel. — Traz a pequena para dentro! Precisamos examinar ela.

Mas o homem não escutou. Ficou onde estava, segurando a galinhazinha velha embaixo do braço, e então, rápido como um piscar de olhos, agarrou o pescoço dela e o torceu, matando a ave. Depois, ele ergueu o corpo pelas pernas, deixando a cabeça pender enquanto gesticulava, apontando para a boca, sinalizando que iria comê-la.

Samuel se esqueceu do conforto da companhia e da ajuda. Esqueceu de seu anseio por Lesi, por um filho com quem compartilhar sua ilha. Nada disso importava mais. Todas as coisas dentro dele que haviam se transformado covardemente em fúria. Aquele antigo chamado à violência, o chamado em que ele nunca tinha acreditado totalmente, nunca tinha adotado por completo, naquele momento ganhava força dentro dele.

Ele estendeu a mão para pegar uma das pedras que o homem tinha quebrado mais cedo, e com a força de alguém que ele nunca tinha sido, desceu a pedra na lateral da cabeça do homem. O homem foi pego de surpresa, sua boca se tornou uma pergunta escancarada quando caiu. Ele largou a galinhazinha e ficou estirado ao lado dela por um momento antes de tentar se levantar mais uma vez. O golpe seguinte se abateu e ele estava estatelado, erguendo um braço para se proteger. Mas não havia possibilidade de deter aquele golpe, nem o seguinte, e nenhum dos outros que se abatiam sobre ele, cada um mais esmagador do que o anterior, até que seu rosto era uma polpa coberta de arranhões. Na mão esquerda, um dedo tremeu, tremeu de novo, então parou.

Samuel jogou a pedra no chão, limpou as mãos no suéter. A chuva tinha parado, e o céu estava ficando azul pela primeira vez em dias. Então se afastou do lugar onde o corpo estava estirado, ainda limpando as mãos enquanto caminhava devagar de volta ao casebre. O corpo poderia ficar ali por enquanto. Ele o jogaria no mar no dia seguinte, deixaria que fosse à deriva, que voltasse para o lugar de onde tinha vindo.

Ele escutava o grasnar das aves marinhas e o rugido das ondas batendo na praia de seixos. Aquilo continuaria, o vaivém incansável da maré, o mar trazendo o que bem entendia. Que viesse. Ele entrou e fechou a porta do casebre atrás de si.

Agradecimentos

Eu gostaria de agradecer a Juliano Paccez, Esmarie Jennings, André Krüger, Tochukwu Okafor e Robert Peett. Mais importante, eu gostaria de agradecer à Miles Morland Foundation a bolsa que tornou possível escrever este livro e por fornecer não apenas apoio financeiro, mas também dignidade e respeito a escritores da África.

Também gostaria de observar que uma versão anterior das primeiras páginas deste romance foi publicada como "Keeping" na antologia *Migrations* do Short Story Day Africa de 2017.

Este livro foi composto na tipografia Minion Pro,
em corpo 11,5/16, e impresso em
papel off-white no Sistema Cameron da
Divisão Gráfica da Distribuidora Record.